Heiko Werning – Schlimme Nächte

W0193978

Heiko Werning, 1970 geboren, wohnt seit 1991 in Berlin-Wedding. Er ist Vortragender bei der Berliner »Reformbühne Heim & Welt« und den Weddinger »Brauseboys«. Er hat diverse Fachbücher über Grüne Leguane, Wasseragamen, Blauzungenskinke und andere Reptilien geschrieben. Buchveröffentlichungen: »In Bed with Buddha«, Tiamat, Berlin 2007. »Mein wunderbarer Wedding«, Tiamat, Berlin 2010.

Edition
TIAMAT
Deutsche Erstveröffentlichung
Herausgeber:
Klaus Bittermann
1. Auflage: Berlin 2012
© Verlag Klaus Bittermann
www.edition-tiamat.de
Buchumschlag unter Verwendung eines Bildes von
Rudi Hurzlmeier
ISBN: 978-3-89320-161-7

Heiko Werning

Schlimme Nächte

**Von Abstürzen und bösen
Überraschungen**

**Critica
Diabolis
192**

**Edition
TIAMAT**

INHALT

Die Nacht des untoten Kaninchens

Wir waren in der vierten Grundschulklasse. Eine dreitägige Klassenfahrt sollte uns in die Lüneburger Heide führen. Für viele von uns war es das erste Mal, dass sie ohne Eltern verreisten. Es war sehr aufregend.

Es wurde noch aufregender, als wir uns am letzten Abend entschlossen, auf eigene Faust eine Nachtwanderung zu unternehmen. Um neun Uhr mussten alle in den Schlafsälen der Jugendherberge in ihren Betten liegen, um halb zehn unternahm Frau Gerling ihren letzten Inspektionsgang, um zehn schliefen sie alle, die Luschen, diese Langweiler. Da waren wir aber aus anderem Holz geschnitzt! Wir suchten das Abenteuer!

Zu fünft machten wir uns auf. Auf Socken schlichen wir zum Hintereingang der Jugendherberge, erst draußen wagten wir, unsere Schuhe anzuziehen. Und erst, als wir auf einem der zahllosen Wanderwege so weit von den Straßenlaternen entfernt waren, dass ihr Licht kaum noch hinter die Wacholderbüsche reichte, schalteten wir unsere Taschenlampen an. Nun konnte es losgehen.

Gregor erzählte wilde Geschichten von Geistern und Heidemonstern, wir lachten überdreht, um unsere Furcht zu überspielen. Es war nämlich doch ganz schön unheimlich, das Spiel der Schatten im Schein der hin und her irrenden fünf Taschenlampen auf den Heidesträuchern, und mancher Wacholder wirkte vor dem Sternenhimmel zunächst wie eine der Figuren aus dem Gruselrepertoire von Gregor. Der sich zudem immer mal wieder den Spaß erlaubte, uns zu erschrecken, in dem er seltsame Laute von sich gab oder seine Taschenlampe ausschaltete, sich hinter einem Busch versteckte und dann kurz vor einem von uns mit heiserem Gurgeln dahinter hervorsprang.

Plötzlich rief er: »Psst! Seid mal leise, da ist was!«

»Na klar«, gab ich mich betont abgeklärt, »wieder einer von deinen Heidemördern!« (Ein damals noch ganz und gar unpolitischer Begriff.)

»Nein, echt jetzt! Hört doch mal, da, hinter dem Busch, bewegt sich da nicht was?«

Auch wenn klar war, dass es sich wieder um einen seiner blöden Scherze handeln musste, wurde mir die Sache doch etwas unheimlich. Wie überhaupt der ganze Ausflug. Vielleicht wäre ich doch besser im Schlafsaal bei den anderen geblieben. Was wussten wir schon, was nachts in der Heide alles unterwegs sein konnte?

Plötzlich sah ich im fahlen Mondlicht, wie etwas aus einem Busch heraus direkt in meine Richtung sprang. Ich schrie auf. Die anderen richteten ihre Taschenlampen auf mich, ich kniff die Augen zu. »Da, da vor mir, an dem Busch!«, schrie ich.

Als ich die Augen wieder aufmachen konnte, sah ich auf dem Boden vor mir, in der Mitte von fünf zitternden Lichtkegeln – nun ja: ein Kaninchen. Ich seufzte, bereit, das höhnische Gegacker von Gregor und den anderen über mich ergehen zu lassen.

»Oh, ein Karnickel, wie gefährlich!« – »Pass auf, dass es dich nicht packt!« – »Hilfe, hilfe, ein Häschen!« – und so weiter. War ja klar.

Während ich versuchte, meine Gefährten zu ignorieren, betrachtete ich das Tier. Es hüpfte nicht weg, es saß einfach da. Seltsam, eigentlich. So kannte ich Wildkaninchen nun überhaupt nicht. Und wenn man genauer hinsah, war es auch im gelbstichigen Schein der Lampen nicht zu übersehen: Seine Augen glupschten aus den

Höhlen, waren blutunterlaufen, das Fell um sie herum war verschmiert und verklebt mit Tränen und Sekreten. Das Tier zitterte am ganzen Körper.

Myxomatose, keine Frage. Oft schon hatte ich von der Kaninchenseuche gehört, zum ersten Mal nun sah ich ein leibhaftiges Opfer. Es war kein schöner Anblick. Das Johlen der anderen war längst verklungen, inzwischen war ihnen wohl auch aufgefallen, dass mit dem Tier etwas nicht stimmte, auch sie schauten nun genauer hin. »Igitt«, fasste Jens den Gesamtzustand durchaus treffend zusammen, und Fridtjof ergänzte: »Kommt, lasst uns schnell weitergehen.« Aber wir zögerten. »Wir können es hier doch nicht einfach so sitzen lassen!«, fand Gregor, »wir müssen etwas tun. Wir müssen ihm helfen! Wie echte Pfadfinder!« Aber mitnehmen, das war uns klar, konnten wir es auch nicht. Man durfte es nicht anfassen, das hatten wir gelernt. Wildtiere, die nicht weglaufen, niemals anfassen. Uns gruselte davor, unsere Augen könnten sonst bald genauso aussehen wie die des Kaninchens, und womöglich hatte es auch noch Tollwut obendrein.

»Lasst uns Hilfe holen«, schlug Jens vor, aber wir sahen uns nur ratlos an. Wen denn? Die Polizei? Die Feuerwehr? Unseren Lehrer gar? Nein, das ging alles auf gar keinen Fall. Mitleid hin oder her – unser nächtlicher Ausflug durfte nicht auffliegen, das würde ordentlich Ärger geben. Wir würden, das wurde uns zunehmend klar, das Problem irgendwie selbst lösen müssen.

Gregor war es, der es als Erster aussprach: »Wir müssen es töten.« Beifälliges Nicken, zustimmendes Murmeln. Ja, wir mussten es töten. Wir sahen Gregor an. Er war der Coole, der Chef unserer Bande, er hatte den ganzen Weg über schon blutige Schauermärchen erzählt, da waren ganz andere Wesen zu Tode gekommen als ein todkrankes Kaninchen, er verjagte die Mädchen. Es war also sozusagen seine natürliche Bestimmung, nun das Kaninchen zu erlösen. Dieser Aspekt war ihm offenbar auch gerade aufgefallen, denn jetzt blickte er sich verwirrt um. »Äh, na ja«, meinte er schließlich, »dann lasst es uns mal tot machen.« Niemand reagierte, alle blickten ihn erwartungsvoll an. »Ähem!«, räusperte er sich, sah auf das bibbernde Fellknäuel, ging einen Schritt näher heran und inspizierte es noch einmal eingehender.

Dann kam ihm die erlösende Idee. »Jens, mach du mal«, entschied er souverän, ganz der Boss, der eine Aufgabe auch mal delegieren kann. Jens war entsetzt: »Ich? Wieso das denn?«

»Ey, ich kann doch nicht immer alles machen! Erst heute morgen noch habe ich die Spacken aus der 4b von unserem Tisch im Frühstückssaal vertrieben, jetzt bist du halt mal dran!« »Aber ...«, Jens' Blick wurde panisch.

»Trauste dich nicht, oder was?«, setzte Gregor noch einen drauf. Kurz irrlichterte Jens' Lichtkegel zwischen dem Karnickel und Gregors zu einer hämisch grinsenden Fratze verzogenem Gesicht hin und her – natürlich, er wollte kein Feigling sein. Aber um welchen Preis? Vielleicht würde er sich morgen zu den Spacken aus der 4b setzen müssen, aber nach einem weiteren Blick auf das Kaninchen schien ihm das wohl die preiswertere Lösung. »Was jetzt? Biste zu feige? Trauste dich nicht?«, wiederholte Gregor, und mit der festen Stimme dessen, der sich entschlossen hatte, sein Schicksal anzunehmen, sagte Jens einfach nur: »Ja.« Gregor lachte spöttisch auf, »Feigling!«, zischte er, er wähnte sich noch auf der sicheren Seite, »dann mal los, wer von euch will?«, trieb er die Mutprobe weiter voran.

Aber er hatte zu hoch gepokert, einer nach dem anderen gaben wir es zu: Ja, wir waren zu feige. Wir trauten uns nicht. Ganz allmählich ging Gregor auf, was das bedeutete. Aus der Nummer kam er so nicht wieder heraus. Ein Rückzug in Würde war für ihn nicht mehr möglich. Alles lag auf dem Tisch: Die von ihm selbst erhobene moralische Forderung, das Tier zu töten, ebenso wie sein Verdikt, sich als Feigling zu outen, wenn man dies nicht selbst zu erledigen vermochte. Wir hatten alle etwas von unserem Gesicht verloren, aber für Gregor ging es um die ganze Fresse, von der Schmach würde er sich so schnell nicht wieder erholen. Er atmete tief durch. »Also gut«, knurrte er, und wir erschraken fast ein bisschen. Dann ließ er den Lichtkegel seiner Lampe über den Boden tanzen, bis er plötzlich auf einem großen Ast zur Ruhe kam. Nun ja, eher ein Ästchen. Wie gesagt, ein Heidegebiet, die Vegetation beschränkte sich auf einige größere und viele sehr kleine Büsche. Gregor bückte sich nach dem Stock. »Du willst doch nicht ...«, stieß Jens noch aus, da ging das brüchige Holz schon auf das Kaninchen nieder. Das Tier erschrak und taumelte zwei, drei Schritte auf Gregor zu. Der schrie entsetzt auf und machte einen gewaltigen Satz nach hinten, als sei ein gefährliches Raubtier auf ihn zugestürmt. Wir kicherten etwas, seine panische Flucht vor einem blinden, sterbenden Kaninchen wirkte dann doch nicht so richtig souverän. Ein Fehler, denn nun fühlte er sich wohl endgültig in seiner Ehre herausgefordert, hob den Ast an und ließ ihn mit aller Kraft mehrfach auf das hilflose Tierchen niedergehen. Das kauerte sich nur noch mehr zusammen, ein Schlag hinterließ eine blutende Wunde, dann brach der Ast endgültig, und das Kaninchen war unzweifelhaft noch lebendig. »Verdammt ...«, flüsterte der merklich erbleichte Gregor, »verdammt, lasst uns abhauen. Das ist vielleicht gar kein normales Kaninchen. Das ist vielleicht untot. Man kann es nicht einfach so ... Es ist gekommen, um uns zu holen. Los, schnell weg!« Mir kroch ein Schauer über den Rücken, kurz wollten wir tatsächlich schnell in Richtung des Rettung verheißenden hellen Scheins hinter den Wachholderbüschen zurücklaufen, wo die Jugendherberge sein musste, aber dann siegte eben doch die Vernunft: »Quatsch, Halt!«, rief Jens, »es gibt keine Zombiekaninchen. Und du hast das Tier jetzt erst recht verletzt, schau doch!« Anklagend richtete er den Spot auf die Fleischwunde, die Gregor dem zitternden Fellknäuel zugefügt hatte. Er war es auch, der es aussprach: »Zertreten! Du musst es zertreten! Tritt kräftig auf den Kopf.« Gregor aber begann nun selbst zu zittern, er stand vor dem erbärmlich zugerichteten Tier, er rang mühsam um Fassung.

Dann verlor er sie einfach. Tränen stiegen ihm in die Augen und kullerten seine Wangen herunter. »Ich kann nicht«, flüsterte er wimmernd, »ich kann das einfach nicht«. Diesmal lachte niemand.

»Los, lasst uns abhauen«, verlangte Fridtjof erneut, »das stirbt doch sowieso bald, was haben wir denn damit zu tun, lasst uns einfach schnell abhauen.« »Aber wir können das arme Ding doch nicht einfach so sitzen lassen«, brüllte Jens, schon zunehmend desperat, »jetzt erst recht nicht, guck doch, es blutet, es hat Schmerzen.« Tatsächlich war das Zittern deutlich stärker geworden, es war ein Bild des Jammers.

Ratlos tanzten die Lichtkegel auf dem Boden, bis meiner schließlich über einem fast großen Findling zur Ruhe kam. Er strahlte unwirklich hell wider im Schein der Lampe. Er leuchtete geradezu, als wollte er uns etwas sagen. Wir verstanden ihn.

»Wenn wir alle anfassen, könnte es klappen«, meinte Jens. Fritjof sah ihn entsetzt an: »Das meinst du doch nicht ernst, oder?« Niemand antwortete.

Tatsächlich gelang es uns mühsam, den Stein anzuheben. Mit verzweifelter Kraft wuchteten wir ihn die paar Meter zum Kaninchen herüber, jetzt noch einmal alle Kraft zusammennehmen, um wenigstens ein bisschen Fallhöhe zu erreichen, mit vor Anstrengung und Ekel verzerrten Gesichtern schafften wir es, das Ding vielleicht einen Meter über das Tier zu stemmen, dann ließen wir los – *botsch*. Es war merkwürdig leise, ein gedämpfter, dumpfer Aufprall, eher war die Erschütterung des Sandbodens zu spüren, als dass man etwas hörte. Aber so riesig, wie er uns schien, war der Stein dann wohl doch nicht gewesen. Das hintere Drittel des Kaninchens guckte noch darunter hervor. Das kleine Schwänzchen zuckte ein bisschen auf und ab, Gregor heulte nun hemmungslos, aber die Bewegungen des Schwanzes wurden sichtbar schwächer. Die Blume, ging es mir sinnlos durch den Kopf, in der Jägersprache heißt der Schwanz von Hasen Blume, und diese hier verblühte, ein bisschen wackelte sie noch. »Das sind nur die Reflexe«, versuchte ich uns zu beruhigen, der Sand an dieser Seite des Steins färbte sich rot. Erstaunlich unspektakulär eigentlich, dachte ich. Dann drehten wir die Taschenlampen weg.

»Gut, wir haben es geschafft«, sagte Jens, »das Tier ist erlöst! Wir haben es gerettet!« Aber Jubelstimmung kam so recht nicht auf. Betreten schlichen wir Richtung Jugendherberge. Immer wieder versicherten wir uns unterwegs gegenseitig, dass es das einzig Richtige war, das arme Tier von seinen Leiden zu erlösen, dass das verdammt noch mal eine wirklich gute Tat war, dass wir stolz auf uns sein konnten. Einzig – es fühlte sich einfach nicht so an. Wir stahlen uns zurück in das Gebäude und gelangten unentdeckt in unseren Schlafsaal, wo wir uns, jeder für sich, in unsere Betten kauerten.

Ich träumte von einem riesigen Hasen, der erst Gregor, dann Jens und Fritjof mit einem großen Felsen zermatscht hatte und der nun hinter mir hersprang und mir immer ein bisschen Vorsprung ließ, bevor er mit einem Satz wieder direkt hinter mir war. Ich fuhr mehrmals in der Nacht nassgeschwitzt hoch. Einmal hörte ich Gregor leise wimmern. Aber, soweit ich das im fahlen Licht der durch die Fenster dringenden Morgendämmerung erkennen konnte, lag er nur unter seiner Decke, nicht unter einem Felsbrocken.

Zum Frühstück setzten wir uns widerspruchslos zu den Spacken aus der 4b. Wir waren sehr schweigsam.

Meine geistig-moralische
Wende

Mein Freund Ralf stammte aus einem stramm konservativen Haus, wie eigentlich fast alle meine Mitschüler und auch ich selbst. So war das eben, in den Achtzigern, in einem Vorort der schwarzen westfälischen Metropole Münster. Als 1982 die sozial-liberale Koalition zerbrach, standen wir am Beginn der Pubertät. Unser politisches Bewusstsein war noch äußerst begrenzt und beschränkte sich im Wesentlichen darauf, dass wir CDU waren, weil unsere Eltern auch CDU waren, und jeder in Münster war eigentlich CDU. Bis auf die ganz Wilden. Da waren manche auch SPD. Angeblich. Wir kannten aber niemand von diesen verruchten Typen. Es waren vermutlich dieselben, vor denen uns unsere Eltern immer eindringlich warnten, wenn sie sagten, wir dürften auf keinen Fall mit fremden Leuten mitgehen.

Erster Oktober 1982. In der Schule und in den Elternhäusern bekamen wir natürlich mit, dass sich da etwas Großes anbahnte. Die Aufregung übertrug sich auch auf uns, obwohl wir keinen blassen Schimmer von unechten Vertrauensfragen und Koalitionswechseln hatten. Aber, und noch heute bin ich etwas fassungslos, bei so etwas mitgemacht zu haben, Ralf rief anlässlich des Tags des konstruktiven Misstrauensvotums eine Party bei sich aus, denn es galt zu feiern, dass jetzt bald alles gut werde im Land und letztlich in der Welt. Die Probleme, von denen wir zwar keine sehr konkreten Vorstellungen hatten, aber von denen wir ahnten, dass es sie gab, diese Probleme jedenfalls würden jetzt alle gelöst werden.

Und so sahen wir nachmittags live, wie Helmut Schmidt aufrechten Ganges auf den in der ersten Reihe feixenden Helmut Kohl zuging, ihm die Hand gab und zur Wahl zum Bundeskanzler gratulierte, und wie kurz darauf, um 15:12 Uhr, Kohl, vor Zufriedenheit fast platzend, zur Kenntnis gab: »Herr Präsident, ich nehme die Wahl an.« Wir stießen darauf mit unseren Fanta-Gläsern an, während Ralfs Mutter zur Feier des Tages ein Tablett mit Negerküssen – die hießen damals noch so – ins Zimmer brachte. Ein rauschendes Fest also. So rauschend, dass mit zunehmendem Zuckerpegel im Blut die Hemmschwellen allmählich fielen. In Wirklichkeit, das brachte das Alter mit sich, waren die real existierenden Mädchen doch letztlich erheblich interessanter als das Duell der Helmuts im Fernsehen. Und diese Mädchen fanden wir seit kurzem nicht mehr grundsätzlich blöd wie noch vor den Sommerferien. Deren Gesellschaft war plötzlich irgendwie cool.

Was soll ich lang reden: An jenem Nachmittag geschah es. Es fing unschuldig an, mit einem Negerkuss, der Zuckerschaum an den Lippen von Martina, ihr albernes Kichern, das vorsichtige Streichen mit dem Finger über ihre Lippen, das Ablecken, das scherzhafte »jetzt schmier' ich dir auch den Mund ein«. Schließlich küssten wir uns. Mit Zunge. Für mich war es das erste Mal. Mit Negerkussschaum auf den Geschmacksknospen und Helmut Kohl auf dem Bildschirm, der etwas von einer »geistig-moralischen Wende« erzählte. Womit er in meinem Fall eindeutig Recht hatte. Unzählige Male musste ich in den nächsten Monaten an diese erregende Situation zurückdenken. Und fortan richtete sich jedes Mal, wenn ich einen Negerkuss aß, mein winziges Glied keck ein wenig auf.

Martina, die wie Ralf in Münster-Amelsbüren wohnte und nicht auf unsere Schule ging, sah ich erst ein halbes Jahr später wieder. Kohl hatte die Sache mit der uneigentlichen Vertrauensfrage durchgezogen, und so standen Neuwahlen an. Erneut lud Ralf zu sich nach Hause, diesmal zum Abend, damit wir bei dem historischen Machtwechsel live dabei sein könnten. Eine echte Wahlparty also. Aber Helmut Kohl interessierte mich inzwischen einen Dreck. Denn Martina war da! Und: Es gab Negerküsse! Prickelnde Erotik lag also in der Luft, denn meine erste gemeinsame Nacht mit Martina stand bevor – ich würde erst um neun abgeholt werden.

Wir saßen vor dem Fernseher, und ich hatte mich im Lauf des Abends allmählich so vorgearbeitet, dass ich pünktlich zur Prognose wieder neben Martina auf dem Sofa saß. Der Balken für die Union kletterte auf unglaubliche 48 %, wir jubelten. Helmut Kohl dankte für das Vertrauen, das ihm die Deutschen entgegengebracht hätten, wir ließen die Negerküsse kreisen. Graf Lambsdorff hinkte durchs Fernsehstudio, Martina biss herzhaft in einen hinein. Meine kühnsten Träume schienen wahr zu werden. Helmut Schmidt zog traurig an seiner Pfeife, wir sogen glücklich an unseren Mündern.

Schließlich zog Martina mich unauffällig in den benachbarten Spielkeller. Wir verkrochen uns hinter einigen Kisten mit Playmobil, die schon lange niemand mehr ausgepackt hatte, und hier, ganz ungestört, knutschten wir weiter. Und weiter. Und weiter. Allmählich legte sich die erste Euphorie bei mir. Dafür wurde mir zunehmend klar, dass ich nicht die geringste Vorstellung davon hatte, wie das hier weitergehen sollte. Die Situation machte mir Angst. Plötzlich zog Martina den Reißverschluss meiner Hose auf. Ich war starr vor Schrecken. Sie wühlte ein bisschen in meiner Hose herum, dann legte sie, sorgfältig wie ein Chirurg bei der Operation, meine kleine Erektion frei. Und sah mich überrascht an. Und lachte laut auf. »Da ist ja noch gar nichts!«, kicherte sie, »du hast ja noch nicht mal Haare!« Auf der Stelle verlagerte sich mein gesamtes Blut in den Kopf, für den Unterleib waren da leider keine Kapazitäten mehr frei. Das kleine Stängelchen schrumpelte in sich zusammen, da half auch nichts, dass ich protestierend darauf hinwies, dass da sehr wohl schon Haare seien: »Hier! Guck doch!«, und ich zog das T-Shirt ein bisschen höher, damit sie freie Sicht hatte auf den zarten, zu allem Überfluss auch noch hellblonden Flaum, auf den ich so stolz gewesen war in den letzten Wochen, aber sie schüttelte nur lachend mit dem Kopf und zog das Schlüpfergummi nach oben, sodass gnädig alles verhüllt wurde.

Dann gingen wir wieder rüber zu den anderen. Um überhaupt irgendwo hinschauen zu können, guckte ich von nun an konzentriert und stier auf den Fernseher und sah direkt in das feiste Gesicht von Helmut Kohl, der sehr glücklich und zufrieden wirkte. Ich konnte den Blick nicht davon lassen, bloß nicht zu den anderen, bloß niemand ins Gesicht gucken, erst recht nicht Martina, und so starrte ich auf Kohl und hing an jeder Bewegung seiner Lippen. Dieses Bild brannte sich für immer unauslöschlich in mein Gedächtnis. Lange Zeit schmeckte ich unweigerlich den penetranten Geschmack von Negerküssen auf meiner Zunge, wenn ich im Fernsehen Helmut Kohl sah. Und der Mann war lange Zeit wirklich oft im Fernsehen.

Schließlich überfällt mich noch heute ein Gefühl tiefer Scham, wenn ich etwas von Negerküssen höre. Weshalb ich ihre Umbenennung sehr begrüße.

Der Soundtrack meiner Jugend

Ahne war genervt. »Was für eine Scheiß-Musik«, schimpfte er.

Ich lauschte eine Weile: da war in der Alten Kantine der Kulturbrauerei wohl von der letzten Achtzigerjahre-Party noch eine CD liegen geblieben, die ein argloser Techniker jetzt vor dem Kantinenlesen eingelegt hatte. Ein Hit nach dem anderen, und irgendwie überkam mich eine angenehm sentimentale Stimmung. Ich ermahnte den zornigen Kollegen: »Sei doch nicht so herzlos. Scheiß-Musik hin oder her – das wurde früher bei uns immer gespielt! Da wird einem doch ganz warm ums Herz!«

Ahne schaute mich ungläubig an: »Dabei wird dir warm ums Herz? Das ist doch furchtbar.«

»Natürlich ist es furchtbar. Aber damals ...«

»Damals war das auch schon furchtbar«, zeigte Ahne sich unerbittlich.

»Ja, schon«, gab ich zu, »aber trotzdem ... Das war er eben, der Soundtrack einer Jugend in den Achtzigern in Westdeutschland. Es geht doch um Erinnerungen. Um Gefühle. Bei Musik geht's doch immer zuerst um Gefühle!«

»Ich fühle mich aber schlecht, wenn ich solchen Dreck höre«, sagte Ahne. Ach, was wusste der schon. Die hatten im Osten ja schließlich gar keine Musik damals.

Für mich aber sind so viele schöne Erinnerungen mit diesen Hits verbunden. Scheiß drauf, ob die Songs gut sind! Es ist halt unsere Musik! Ich höre ja praktisch nie Radio und auch nie englischsprachige Musik, aber diese Lieder, die kannte ich alle. Weil sie eben damals liefen. Auf den ersten – huch, jetzt kommt ein Wort, bei dem ich sogar ein bisschen zusammenzucke – auf den ersten Feten. Eine Fete, das hieß: ein dunkler Raum. Und: Mädchen.

Ich fand das schrecklich. Die Musik sowieso. Aber die musste halt laufen, wenn man modern war. *I am hai-ai-ai-ai-ai on Emotion.* Ich dagegen hörte, wenn ich überhaupt was hörte, Reinhard Mey. Eigentlich hörte ich aber gar nichts, Musik interessierte mich überhaupt nicht. Das war mir – ich weiß auch nicht – zu modern. Genau wie die Sache mit den Mädchen. Das war mir auch zu modern.

Also, nicht, dass ich nicht durchaus Sehnsucht nach Annäherungen verspürte, das schon. Aber dass es für die Befriedigung dieses drängenden Bedürfnisses allen Ernstes nötig sein sollte, in einem dunklen Raum herumzuhoppsen und die Arme und Beine seltsam und unkontrolliert zu bewegen, das fand ich inakzeptabel.

Nun wollte ich mich sozial allerdings auch nicht völlig isolieren, also ging ich halt hin zu den Feten. Und suchte mir zielgerichtet die dunkelste Ecke im abgedunkelten Gemeindesaal, setzte mich dort hin und betrachtete missmutig das Geschehen. Wie die anderen zu dieser furchtbaren Musik tanzten. Und dabei rätselhafterweise irgendwie mit den Mädchen in Kontakt kamen. Und, das wusste ich aus den Erzählungen der anderen, dieser Kontakt wurde dann manchmal, wenn die Eltern nicht zu Hause waren, auf eine Art und Weise fortgesetzt, die mich durchaus interessiert hätte. Aber deswegen wirklich jede Würde aufgeben? Und zu *Big in Japan* wild mit den Armen in der Mitte des Saals herumschlenkern? Nein! So groß war meine Verzweiflung nun doch wieder nicht. Das würde sich schon auch irgendwie anders ergeben.

Ich saß also in meiner Ecke und nippte Apfelsaft. Wenn sich versehentlich oder aus Mitleid mal einer der Klassenkameraden kurzzeitig dazu gesellte, versuchte ich, meine soziale Inkompatibilität mit ein paar sarkastischen Bemerkungen zu übertünchen. So galt ich bald schon als intellektuell, was mir einen gewissen Respekt in der Hackordnung sicherte. Später entdeckten wir dann den Alkohol für uns, und die Lage entspannte sich etwas. Jetzt musste ich nicht nur einfach so in der Ecke sitzen, sondern konnte dabei trinken. Damals galt es als cool, Bier zu trinken. Und als sehr cool, sehr viel Bier zu trinken. Eine Technik, die ich rasch erlernte und perfektionierte. Zwar konterkarierte ich den Eindruck der Coolness empfindlich mit meiner Kleidung, die nach wie vor ausschließlich meine Mutter für mich aussuchte, und zwar nach den Geschmackskriterien, die bürgerliche Mittfünfziger-Hausfrauen einer gut situierten westdeutschen Vorortsiedlung an die Begriffe »schick« und »jugendlich« anlegten, was ziemlich genau das Gegenteil von dem war, was unter den Jugendlichen derselben Vorortsiedlung als schick und jugendlich galt. In meinem Fall bedeutete das: Cordhose und bunt gestreifter Nicki. Was meine selbstverständlich Jeans tragenden Mitschüler erstaunlicherweise wiederum als Ausdruck meines Intellektuellentums missinterpretierten, erst recht in Kombination mit meiner Verweigerung, beim Tanzvergnügen mitzumachen, was ich wiederum mit immer zynischeren Kommentaren auszugleichen versuchte. Wenn ich heute manchmal gefragt werde, wie man eigentlich dazu kommt, Satiriker zu werden: so geht's. In der Ecke sitzen, zugucken, trinken – dann läuft es eigentlich ganz von allein.

Andererseits: Sie machten es einem ja auch wirklich nicht schwer. Wenn eine Horde Fünfzehnjähriger mit von tiefem Empfinden gezeichneter Miene und nach oben gereckter Faust über die Tanzfläche hoppelt und dazu grölt: *Verdamp lang her, verdamp lang, verdamp lang her.* Oder wenn eine Gruppe von Arztsöhnchen und Anwaltstöchtern mit adretten Scheiteln und steifkragigen weißen Hemden unter den V-Ausschnitt-Strick-Pullovern wie in Extase brüllt: *Born to be wild.* Oder wenn sich am Ende einer Fete alle umfassen, um gleichgeschaltet und mit Tränen der Ergriffenheit in den Augen zu singen: *Freiheit, Freiheit, ist das Einzige, was zählt.* Bevor dann um neun Uhr abends das Licht angeht und Mutti vor der Tür im Wagen wartet, um den Nachwuchs nach Hause und ins Bett zu bringen. Was könnte man dazu groß sagen, ohne zum Zyniker zu werden?

Wirklich nachvollziehbar wirkte die Begeisterung nur, wenn Herbert Grönemeyer erklang: *Kinder an die Macht!* Ich war damals schon dankbar, dass kein auch nur halbwegs bei Sinnen stehender Erwachsener diesen Quatsch in die Tat umzusetzen gedachte. Auch bei *Männer* aus gleichem Hause wirkte das Mitsingen glaubwürdig: *Wann ist ein Mann ein Mann?* – das dürfte unterm Strich die vielleicht entscheidende Frage für die meisten Jungs gewesen sein, wenn sie morgens vor dem Spiegel ihre Haut, auf der sie so etwas wie die flaumige Ahnung von Bartkeimung ausfindig gemacht zu haben glaubten, wie besessen abschabten, weil irgendwer ihnen erzählt hatte, dass so die Entstehung von nachweisbaren Stoppeln beschleunigt werden könnte. Und *Wann ist ein Mann ein Mann?* haben sich fraglos auch alle gefragt, die misstrauisch allabendlich den Baufortschritt ihrer Schambehaarung und der Geschlechtsteile beäugten.

Vielleicht deswegen legte sich die allgemeine Grönemeyer-Begeisterung recht bald wieder. Dafür kam Marius Müller-Westernhagen. Während Herbert unter dem Verdacht stand, eher von uncoolen Typen gut gefunden zu werden, galt Marius als total wild und authentisch. Der Mann wurde rasch ein weiterer Grund, warum ich Feten hasste. Denn ganz und gar nicht lächerlich wirkte es, wenn fünfzig Teenager wie im Wahn herumsprangen und -hantierten, dabei wie die Schweine schwitzten und mit

vor Verachtung bebender Stimme brüllten: *Dicke schwit-
zen wie die Schweine / Fressen, stopfen in sich rin. / Dicke, Dicke, Dicke, Dicke – na du fette Sau?*

Das war für mich als jemand, der dem Sujet des Liedes
unangenehm nahekam, ohne jede Frage eine unangenehme Situation. Natürlich war das irgendwie anders gemeint, das war mir damals schon klar, irgendwas mit
Vorurteilen vorführen und so – aber so oder so rückte der
Song unweigerlich meine Statur ins Rampenlicht, und
das gefiel mir schon mal gar nicht. Und erst recht gefiel
mir nicht, dass die Situation mich zwang, mich aus meiner Ecke begeben und mithopsen zu müssen. Denn es
war ja ohnehin klar, dass alle bei dem Lied an mich denken würden, und wenn ich dann sauertöpfisch in der Ecke
sitzen bleiben würde, könnte ich Bier trinken und intellektuelle Sprüche klopfen, so viel ich wollte, es würde
meinen sozialen Status nicht mehr retten. Sie hätten mir
meine Souveränität nicht abgekauft, intellektuelle Text-
exegese hin, Vorurteile vorführen her. In dem Moment
war ich einfach der Dicke. Was blieb mir also übrig?
Also Angriff.

Ungelenk, unrhythmisch und übellaunig sprang ich also
in die Menge hinein und kam mir dabei vor wie eines
dieser Barbapapa-Männchen, nur dass ich hier nicht süß-
lich-klebrig von heiler Welt säuselte, sondern mit der
Menge schrie: *Dicke müssen ständig fasten / damit sie
nicht noch dicker werden / und ham sie endlich zehn
Pfund abgenommen / ja dann kann man es noch nicht
mal sehn*, und wie einer dieser furchtbaren Hüpfbälle, auf
denen wir immer durch die Turnhalle hopsen mussten,
schlug ich eine Schneise durch meine zunehmend etwas
verängstigten Mitschüler, die auch nicht so recht wussten,
was sie von der Situation nun halten sollten. Aber ich
sprang enthemmt durch den Saal und brüllte jedem, der
sich nicht schnell genug wegducken konnte, hysterisch
ins Ohr: *Und darum bin ich froh, dass ich kein Dicker
bin! Denn Dicksein ist ne Quälerei!* Ich fühlte mich un-

wohl, aber ich wusste, ich musste es durchziehen. *Ich bin froh, dass ich so'n dünner Hering bin / denn dünn bedeutet frei zu sein,* schrie ich den verunsicherten Mitschülern ins Gesicht und bewegte mich dazu so energisch wie im Sportunterricht der gesamten Mittelstufe nicht, *Dicke ham's so schrecklich schwer mit Frauen / Denn Dicke sind nicht angesagt / drum müssen Dicke auch Karriere machen / Mit Kohle ist man auch als Dicker gefragt,* blaffte ich den Mädchen ins Gesicht, mein Gesichtsausdruck bekam etwas Wahnhaftes, ich donnerte weiter wie eine Abrissbirne von einer Seite des Gemeindesaals zur nächsten, meine Mitschüler brachten sich zunehmend in Sicherheit. Als der beschissene Song endlich zu Ende war, sahen mich alle ein wenig furchtsam, aber auch erkennbar respektvoll an.

Außer Peter. Der war immer schon etwas schlicht gestrickt, halt einer von denen, die im Sport gut waren. Seine ganze Reputation zog er aus diesem Umstand, ansonsten hatte er wegen erwiesener Vollpfostigkeit keinen allzu guten Stand. Er guckte mich nur verwundert an: »Aber du bist doch selber dick?« »Das ist Ironie, du Vollidiot, der Song ist ironisch!«, fuhr ich ihn an. Er schaute nur verständnislos, und dann sagte er es: »Was ist denn daran bitte schön ironisch? Das stimmt doch alles!«

Ich sah ihn kurz fassungslos an, dann schlug ich zu. Er war so überrascht, dass er, vermutlich eher vor Schreck als durch meinen wenig professionellen geführten Kinnhaken, zu Boden ging. Mitschüler quiekten und giggelten, sofort stürzten sich einige auf uns und zogen uns auseinander, und jetzt ging auch gleich das nächste Lied los: *The Final Countdown.* Na also. Ich tanzte weiter. Mein Ruf als Intellektueller hatte womöglich etwas gelitten, aber in der Klassenhierarchie war ich eindeutig ein paar Stufen aufgestiegen. Zum Glück war Peter nicht nachtragend. Trotzdem ließ ich nach diesem Vorfall die nächsten zwei oder drei Feten ungenutzt verstreichen.

Aber irgendwann musste ich ja doch wieder hin, es half

ja nichts. Also saß ich wieder in meiner Ecke und lästerte. Tobias mochte mich wegen meiner Kommentare und respektierte mich wegen meines Trinkvermögens, er erkannte aber, dass die Sache mit den Mädchen noch suboptimal lief und redete auf mich ein. Ich müsse halt auch mal wieder mittanzen. Aber vielleicht anders als beim letzten Mal. Am besten – huch, noch so ein Wort, bei dem ich heute ein bisschen zucken muss – am besten sollte ich einfach mal schwofen.

»Los jetzt«, zischte er mir ins Ohr, als *Forever young* ertönte. »Frag Jana, ob sie mit dir schwoft!«

Ich wollte lieber in meiner Ecke sitzen bleiben. Einerseits. Andererseits: Mit ausgerechnet Jana sprach er aber auch wirklich mal was an. Mit der hätte ich ja sehr, sehr gerne mal was zusammen gemacht. Also: nicht schwofen, natürlich, aber die Erfahrung der letzten Monate hatte mir gezeigt, dass von alleine ansonsten auch nicht so recht was begann.

Andererseits: Und wenn sie nein sagt? Ich fühlte mich ebenso hilflos wie zunehmend panisch, nachdem Tobias mir erneut in die Seite boxte. »Und wenn sie nein sagt?«, fragte ich ihn also. »Ach was, die sagt nicht nein.«

»Und was soll ich dann machen? Ich kann das nicht!«

»Meine Güte, ist doch nur Schwofen. Da muss man nichts machen. Das geht ganz von allein. Hör einfach auf die Musik, beweg dich ein bisschen, und vor allem: halte sie in deinen Armen. Die führt dich schon irgendwie. Das ist alles. Das kann jeder. Das kann sogar Hannes, Mensch!« Das saß. Hannes war modisch auf einem ähnlichen Level wie ich, in Sachen Mädchen wohl auch, aber er hatte ein paar wichtige andere Aspekte vernachlässigt. Er trank weiterhin nur Apfelsaft und sagte nie etwas Lästerliches über seine Mitschüler, sondern versuchte einfach, dazuzugehören. Weshalb er eben nicht dazugehörte, sondern einfach als doofer Außenseiter galt. Und selbst der, das stimmte allerdings, selbst der schaffte es immer mal wieder, mit einem Mädchen zu schwofen, wenn dieses sich danach auch meist albern kichernd davonmachte. Aber immerhin.

»Na los, frag sie. Mach schon, jetzt, das ist das richtige Lied.« Gut, also, was soll's. Schwofen wir halt. Die Flying Pickets. O Gott, das ist ja noch furchtbarer. *Da-da-da-da, da-da-da-da* – jetzt oder nie, also hin zu ihr – *Da-da-da-da, da-da-da-da* – »wollen wir zusammen tanzen?« Da war es raus. Guck mal, ist ja gar nichts bei passiert. Vorher war ich mir nicht sicher gewesen, ob in dem Moment die Musik aus- und das Licht angehen und irgendwer laut rufen würde: »Ha! Heiko hat Jana gefragt, ob sie zusammen tanzen wollen. Zu den Flying Pickets. Ha-ha!« Aber nichts: Die Musik ging einfach weiter, die anderen torkelten eng umschlungen über die Tanzfläche, und Jana lächelte mich freundlich an und sagte: »Klar, gerne.« Ich war verblüfft. Das war ja einfach.

Und dann schwoften wir also. Am Anfang war ich noch sehr unsicher. Ich hatte keine Ahnung, was ich eigentlich machen sollte, ich hatte kein Gefühl für Takt und keines für Bewegungen. Aber Tobias hatte Recht. Es ging irgendwie. Sie führte mich. Und wir bewegten uns tatsächlich. Irgendwie. Wir hatten sogar Körperkontakt! Ich war völlig benommen, aber ganz klar: Wir berührten uns. Einfach so! *Da-da-da-da, da-da-da-da.* Zunehmend fühlte ich mich sicherer, na also, das ging doch ganz gut, vielleicht war ich ja sogar ein begabter Tänzer, ein Naturtalent, wer weiß das schon, ich hatte es ja noch nie probiert. Ich wurde mutiger und traute mich sogar noch näher an sie heran. Natürlich nicht zu nah, das war ja klar. Und dabei einfach versuchen, irgendwie mitzuhalten, dabei möglichst gefühlig in ihren Armen die Richtung zu erahnen, in die es mit den nächsten Takten gehen sollte. *Da-da-da-da, da-da-da-da.* Am Ende des Liedes lächelte ich ihr schüchtern zu und flüchtete rasch zurück in meine Ecke. Wir wollen's ja nicht gleich übertreiben. Tobias saß da und erwartete mich. »Und?«, fragte ich ihn stolz. Ich war sehr zufrieden mit meiner Premiere.

»Na ja«, antwortete er etwas zögerlich, »fürs erste Mal vielleicht ganz okay ...« Oha. Das klang aber nicht nach überschäumender Begeisterung. Hatte ich mein Naturtalent doch etwas überschätzt?

»Äh, wieso fürs erste Mal?«, fragte ich.

»Na ja«, antwortete Tobias, »es ist ... also ... zum einen: Es ist schon richtig, dass sie dich führt, aber es wäre trotzdem besser, wenn du dich zusätzlich auch noch selbstständig bewegen würdest.« Ich war irritiert. Was meinte er bloß? »Also: Der Sinn beim Schwofen ist eher nicht, dass sie dich durch den Raum trägt, verstehste? Und außerdem«, fügte er an, »wäre es auch besser, wenn du dabei nicht steif wie ein Brett bliebest, du kannst theoretisch sogar auch deinen Oberkörper bewegen, verstehste?« Ich nickte sicherheitshalber vorsichtig. »Na ja, und schließlich ...«, Tobias zögerte, , »also: Vom Schwofen kann man nicht schwanger werden.« Ich schaute ihn verständnislos an. »Hä?« »Na ja, es ist irgendwie uncool, wenn du deinen Hintern so weit nach hinten rausstreckst, dass da noch bequem jemand zwischen passen würde, verstehste? Es ist schon so gedacht, dass sich auch die Hosen mal berühren dürfen, da passiert nichts. Das ist, äh, irgendwie sogar der Sinn beim Engtanz. Bei dir sah's aber eher so aus, als hättest du lange Nadeln vorne an der Hose und würdest sie für einen Luftballon halten, den du nicht zum Platzen bringen wolltest, verstehste?«

Vorsichtig schaute ich zu Jana rüber, die mit einigen Freundinnen zusammenstand. Gemeinsam gackerten und kicherten sie ausgelassen über irgendwas. Beziehungsweise wohl eher: über irgendwen. Oh, verdammt.

»Na, ist nicht so schlimm, fürs erste Mal, wie gesagt, schon ganz okay«, versuchte Tobias mich zu beruhigen.

Ich aber holte mir ein neues Bier und blieb den Rest des Abends unbeweglich in meiner Ecke. Und hielt es bei den nächsten Feten auch so, es galt, diese Schmach vergessen zu machen. Immerhin: Es gelang mir in den folgenden Monaten, meinen Ruf als zynischer Intellektueller deutlich zu festigen. Von Jana hielt ich aber lieber einen ordentlichen Sicherheitsabstand.

Da-da-da-da, da-da-da-da.
»Boah, das ist ja echt nicht zum Aushalten!«, schimpfte Ahne.

»Mann, da hängen doch so viele Erinnerungen dran. An die Jugend! Wie schön das damals alles war! Bei Musik geht's doch immer zuerst um Gefühle!«, redete ich auf ihn ein.

Ahne sah mich misstrauisch an. Er glaubte mir nicht.

Aber die hatten ja sicher auch gar keine Musik damals, die da drüben im Osten.

Interrail machen

Wir konnten es kaum abwarten bis zu den Sommerferien. Ralf und ich waren gerade sechzehn geworden, und das bedeutete: Wir waren alt genug, Interrail zu machen.

Interrail machte man. »Machst du Interrail in den Sommerferien?« – »Natürlich mache ich wieder Interrail, ich habe ja letztes Jahr auch schon Interrail gemacht.« Interrail machen – das war die Chiffre für Abenteuerurlaub, Freiheit, Erwachsensein. Autofahren durften wir noch nicht, Fliegen war generell viel zu teuer, Bahnfahren eigentlich auch, aber Interrail, das ging. Ein Bahnticket, das es einem erlaubte, vier Wochen lang sämtliche Züge in fast ganz (West-)Europa kostenlos zu benutzen, ohne jegliche Einschränkung. Und das zu einem erstaunlich günstigen Preis. Interrail war für fast jeden finanzierbar. Wer sehr wenig Geld hatte, lebte halt ganz in den Zügen. Und galt damit zudem als ausgesprochen cool. Wir hatten mit leuchtenden Augen die Geschichten gehört davon, wie sie einfach abends zum Bahnhof gegangen und in den nächsten Nachtzug gestiegen sind, ganz egal, wo der hinfuhr, Hauptsache: Er fuhr durch bis zum nächsten Morgen. Wir hörten von Travellern, die in den Gepäckablagen in den Abteilen schliefen, wir hörten von Geschlechtsverkehr auf Zugtoiletten und davon, wie in Großraumwaggons Freundschaften in alle Teile Europas geschlossen wurden.

Unsere Eltern waren weniger angetan. Sie mochten es generell nicht, dass wir herumreisen wollten, sie hätten es lieber gesehen, wir wären einfach wieder auf einen Zeltplatz in Holland gefahren, so wie letztes Jahr. Herumreisen, das war ihnen suspekt. Trampen war uns kategorisch verboten, man sah ja bei *Aktenzeichen XY ungelöst* allmonatlich, was dabei herauskommt. Der Bahn, die damals ja noch Bundesbahn hieß und auch ein wenig die Aura einer rollenden Behörde hatte, war da ein gerade noch akzeptabler Kompromiss. Dabei, und das war für uns das Verlockendste, galt Interrail sogar in Marokko. Das war unser Plan. In Münster in den Zug steigen, und dann direkt durch Frankreich und Spanien bis nach Marokko. Wir waren zwar außer in Holland noch nie zuvor in Europa unterwegs gewesen, so gesehen wäre alles neu gewesen, aber Marokko, das klang halt doch noch mal ganz anders, das war Afrika! Exotisch, eine fremde Welt, da gab es eine richtige Wüste und wirkliche wilde Tiere, Dromedare etwa oder Dornschwanzagamen, und eine andere Kultur, Basare und Beduinen. Da wollten wir hin.

»Auf keinen Fall!« Da waren unsere Eltern sich ungewohnt einig. Marokko, das war Afrika. Dritte Welt. Elend. Kriminalität. Bürgerkrieg. Die würden einen nur ausrauben und schließlich gegen Maultiere in irgendein Arbeitslager verkaufen. »Aber Papa, warum sollten die uns in ein Arbeitslager verkaufen, wir können doch gar nichts, das sagst du doch selbst immer.«

»Außerdem hassen die uns, wegen dem Krieg. Wegen dem Rommel, dem Wüstenfuchs. Das ist nämlich einer der Guten gewesen, der konnte richtig Krieg führen, der verstand was davon!«

»Aber Papa, wir haben den Krieg doch verloren.«

»Ja, aber in Nordafrika hätten wir ihn gewinnen können. Weil der Rommel so gut war, und deshalb hassen die uns. Und außerdem: Da ist es sehr schmutzig. Da wird man krank vom Essen.« Es hatte keinen Zweck.

»Dann fahren wir halt nach Spanien.« »Auf keinen Fall!« Da waren unsere Eltern sich ungewohnt einig. Die Argumentation verlief ungefähr analog, ebenso bei Italien und Griechenland. Insgesamt, das war klar, war der kriminelle und unhygienische Süden einfach zu gefährlich für uns.

Wir einigten uns schließlich auf Irland und England. Vor allem angesichts des Arguments vom Essen, das einen krank mache, war das natürlich eine eher bizarre Wahl, aber gut. Leichte Vorbehalte gab es zwar auch, wegen dem Krieg, aber mein Vater war in englischer Gefangenschaft gewesen und hatte die Tommys, wie er sie zu nennen pflegte, als einigermaßen faire Gefangenschaftsgastgeber empfunden. Außerdem waren sie in Münster unsere persönlichen Besatzer, unser Wohngebiet war direkt eingekeilt zwischen der Kaserne und ihren Reihenhäusern, da hatte man über die Jahre Zeit gehabt, sich aneinander zu gewöhnen. Über Irland wusste ohnehin niemand etwas, das galt gemeinhin als abgeschieden, ruhig und unproblematisch. Und mein Vater mochte den Whiskey von dort.

So machten wir also Interrail auf die britischen Inseln. In Sachen Exotik und Wetter zwar eine herbe Schlappe für unsere Urlaubsplanung, verheißungsvoll war es aber trotzdem. Dass wir dafür durch Frankreich mussten, um mit der Fähre von Le Havre nach Cork überzusetzen, behielten wir lieber für uns.

Es wurde eine aufregende und schöne Reise. Zurück ging es über London, wo wir in einem internationalen Jugend-Zeltlager unterkamen. Im Prinzip wie eine Jugendherberge, nur in Form großer Zelte, mit Feldbetten. Abends gab es Grillfeste und Lagerfeuer. Ralf und ich feierten unsere letzte Nacht. Am nächsten Tag würde es über Dover zurück aufs Festland und dann direkt nach Münster gehen, unser Interrail-Ticket lief ab.

Wir saßen an einem der großen Tische, die überall aufgestellt waren, und kamen ins Gespräch mit den anderen Jugendlichen. Eine vielleicht zehnköpfige Gruppe junger Männer aus Marokko. Die auch Interrail machten. Wir erzählten ihnen, dass wir zuerst überlegt hatten, nach Marokko zu fahren. Die Gründe, warum wir uns dann doch anders entschieden, unterschlugen wir lieber. Sofort hatten die Jungs, die vielleicht so um die zwanzig waren, uns freundlich in ihre Mitte aufgenommen. Sie boten uns von ihren Getränken und ihrem Essen an, alles war sehr fremd für uns, wir waren begeistert. So gab es zum Abschluss unserer Reise doch noch einen Hauch der ursprünglich erhofften Kontakte mit aufregenderen Ländern und Kulturen.

Es gab auch Bier, und bald schon stießen wir auf unsere Völkerfreundschaft an, tauschten Adressen aus, und wir versprachen, dass wir im nächsten Jahr dann aber wirklich Interrail nach Marokko machen würden. Ob das denn auch wirklich ungefährlich für uns sei, fragte ich behutsam. Ja, ganz bestimmt, beruhigten unsere neuen Freunde uns. Marokko sei ein friedliches, gastfreundliches Land. Da habe niemand etwas zu befürchten. Und wir ganz bestimmt nicht, denn schließlich seien wir doch Deutsche! Da würden wir überall in Marokko mit offenen Armen empfangen.

Ralf und ich sahen uns erstaunt an. Da hatten wir ja nun schon ganz anderes gehört. Warum werden wir als Deutsche mit offenen Armen empfangen, fragte ich also vorsichtig. Wegen dem Fußball, rief sofort einer. Die Deutschen sind die Besten im Fußball! Wir lachten und empfahlen, diese Einschätzung hier in England vielleicht lieber nicht so laut zu vertreten. Und wegen Hitler natürlich, riefen unsere neuen Freunde fröhlich. Ralf und ich sahen uns irritiert an. Was war das denn jetzt? Haben sie uns nur in Sicherheit gewogen, um jetzt doch mit uns abzurechnen? Würden sie uns verantwortlich machen für die Verbrechen, die in Nordafrika wahrscheinlich ja auch passiert waren? Und für den ganzen verdammten Krieg? Wir hatten ja im Grunde gar keine Ahnung davon, was dort damals passiert war.

Wir versuchten uns sofort in Verteidigung. Das sei doch schon so lange her, gaben wir zu bedenken, Deutschland heute sei doch ganz anders. Natürlich gebe es ein paar Unverbesserliche, aber die meisten Deutschen seien anderen Völkern gegenüber sehr aufgeschlossen. Ja, natürlich, rief einer der Marokkaner, mit dem Krieg hätten wir natürlich nichts zu tun. Darauf stießen wir erleichtert mit ihnen an. Aber, spann der Wortführer die Unterhaltung weiter, aber wenigstens hätte Hitler mal was gegen die Juden gemacht. Ralf und ich starrten ihn sprachlos an. War das eine Falle? Wir hatten ausgiebig im Unterricht die Gräuel des Holocaust durchgenommen, wir hatten Filme gesehen und Anne Franks Tagebuch gelesen, wir hatten leidenschaftlich geschworen, dass so etwas nie wieder passieren dürfe und man den Anfängen wehren müsse, wir hatten gegen die Wahlerfolge der Republikaner protestiert, und nun das. Jetzt wollten sie uns dafür verantwortlich machen? Überschwänglich prostete unser Gegenüber uns zu, dann rief er: Deutsche und Araber, wir sind Freunde und werden immer Freunde sein! Weil wir gemeinsam gegen die Juden kämpfen! Die anderen aus der Gruppe fielen jubelnd ein, die Bierdosen tockten zusammen. Und mir wurde allmählich klar: Die wollten uns überhaupt keine Vorwürfe wegen der Vergangenheit unseres Landes machen. Die mochten uns wegen der Vergangenheit unseres Landes.

Auf eine solche Situation hatte uns in der Schule niemand vorbereitet. Judenhass – das kannten wir ausschließlich als deutsches Phänomen aus der dunklen Geschichte. Uns wurde sehr unwohl zumute. Aber, so versuchten wir noch ein letztes Argument, die Deutschen hätten doch im Krieg auch gegen sie, die Nordafrikaner, gekämpft? Ja, schon, aber das sei doch so lange her, das könnten sie uns heute doch nicht mehr vorwerfen. Was zählt, ist das Heute! Und da verbinde uns eben die Abneigung gegen die Juden! Prost! Auf die arabisch-deutsche Völkerfreundschaft!

Wir hätten widersprechen müssen. Wir hätten gehen müssen. Wir hätten irgendwas tun müssen.

Wir sagten nichts. Wir gingen nicht. Wir taten nichts.

Wir saßen da, versuchten uns nichts anmerken zu lassen, wir ließen uns sogar, als wir dann doch ins Bett gehen wollten, noch zu einem weiteren Bier überreden, auf die deutsch-arabische Freundschaft. Trotz allem: Wir genossen die Herzlichkeit und Freundlichkeit unserer neuen Bekannten, wir waren auch ein wenig stolz, dass wir dieses exotische Abenteuer bestanden hatten. Das leidige Juden-Thema war längst vergessen. Wir bleiben in Kontakt! Wir schreiben Euch mal! Wir besuchen Euch!

Der Kater am nächsten Morgen fühlte sich stärker an als üblich. Wir packten unsere Rucksäcke und zogen los, Richtung Bahnhof. Wir hatten Interrail gemacht. Morgen würden wir wieder im übersichtlichen, ruhigen Münster sein.

Wir haben uns nie geschrieben. Im nächsten Jahr haben wir tatsächlich wieder Interrail gemacht. Diesmal nach Skandinavien.

Die Knaben im Moor

Uns zog es gleich zu Beginn unserer ersten Interrail-Tour nach Connemara. Diese Region ganz im Westen von Irland galt als besonders ursprünglich und wild, mit weiten Moor-Landschaften. Nicht ganz Afrika, in unseren Ohren aber doch immerhin sehr exotisch.

Irland war, neben Skandinavien, das einzige Land in Europa, wo man sein Zelt einfach aufschlagen durfte, wo man wollte. Das erschien uns ebenfalls aufregend. Unterstrichen wurden unsere Fantasien noch von unserem Reiseführer, dem »Velbinger«, damals das unter Backpackern am weitesten verbreitete Standardwerk, das unsere Sympathie schon dadurch erobert hatte, dass es als Symbol für Camping-Hinweise ein comichaft gemaltes Zelt verwendete, aus dem die Füße eines kopulierenden Paares herausragten. Wild zelten! Mehr Freiheit und Abenteuer war ja gar nicht denkbar.

Tatsächliche, reale Gefahren schien es dagegen keine zu geben. Kriminalität galt als unbekannt, die beiden einzigen Warnhinweis waren, einerseits nicht direkt an Klippen zu zelten, damit das Zelt im Falle eines der häufigen Stürme nicht in den Abgrund geweht würde, und nicht auf Kuhweiden zu campieren, denn angeblich, so der »Velbinger«, habe es schon Todesfälle durch Stampeden gegeben. Beide Risiken schienen uns gut überschaubar. Steile Klippen würden wir einfach meiden, und Kühe kannten wir aus Westfalen hinreichend gut, die beunruhigten uns nicht.

Wir reisten mit dem Bus an, stiegen einfach irgendwo

aus, wo alles schön grün aussah, wanderten ein wenig ins Moor hinein und schlugen an einer etwas erhöhten, nicht allzu nassen Stelle unser Zelt auf. Dann schmissen wir den Gas-Campingkocher an, um uns Spaghetti zu kochen und damit den kulinarischen Fahrplan für die kommenden vier Wochen vorzugeben, denn wir konnten beide sowieso nichts anderes. Es war herrlich! Gut, es war kühl und regnete, aber das gehört ja nun mal zu Irland dazu, das unterstrich nur den Hauch von Abenteuer. Als es dunkel wurde, zogen wir uns ins Zelt zurück, genossen das Pladdern des Regens auf unserem Zeltdach und unterhielten uns noch lange, ehe wir irgendwann glücklich einschliefen.

Mitten in der Nacht wurde ich wach. Der Regen war erheblich stärker geworden. Es schüttete. Na ja, so ist halt Irland, dachte ich. Auch wenn sich alles jetzt schon etwas ungemütlich anfühlte, die Sachen klamm, irgendwo tropfte es zudem offenbar, außerdem fröstelte mich etwas. Vor allem aber meinte ich, seltsame Geräusche zu hören. Ich konzentrierte mich, konnte aber nichts Genaueres ausmachen, zumal der auf das Zelt prasselnde Regen eine beachtliche Lautstärke erreicht hatte. Ein bisschen gruselig war es ja schon, das Wildzelten. Wir hatten uns zwar etwas von der Straße entfernt, damit nicht jeder vorbeifahrende Wagen uns gleich sehen konnte, und es gab ja praktisch keine Kriminalität in Irland. Andererseits – Geschichten von Trollen, merkwürdigen Wesen und Dorfwahnsinnigen gab es dann doch reichlich, auch dem Moor an sich haftete ja eine unheimliche Aura an. Tagsüber hätte ich jeden Gedanken daran natürlich lachhaft gefunden, aber jetzt nachts war mir meine Anette von Droste-Hülshoff, die jedes Kind in Münster mit der Muttermilch aufsaugt, doch plötzlich recht präsent.

O, schaurig ist's, übers Moor zu gehn,
Wenn es wimmelt vom Haiderauche,

Sich wie Phantome die Dünste drehn
Und die Ranke häkelt am Strauche,
Unter jedem Tritte ein Quellchen springt,
Wenn aus der Spalte es zischt und singt –
O, schaurig ist's, übers Moor zu gehn,
Wenn das Röhricht knistert im Hauche!

Nun gut: Wir gingen ja nicht übers Moor. Wir zelteten auf ihm. Auf einem Hochmoor zudem, das eigentlich nicht sonderlich moorig gewirkt hatte. Am Tag jedenfalls. Da hatte es eigentlich eher wie eine große Wiese gewirkt, mit etwas anderer Vegetation und etwas wackligem Boden, was wir aber ausgelassen hüpfend genossen hatten. Wenn einer kräftig hochsprang und landete, wakkelte der Boden im Umkreis von mehreren Metern, das hatten wir lustig gefunden.

Es regnete und regnete. Was aber, wenn der Boden aufweichte? Der ohnehin wacklige Moorboden? Ach, red' dir nichts ein, redete ich mir ein. Unsinn. Zelt im Moor versunken – das stand nicht mal im Velbinger. Das gab's nicht. Es war ein nicht enden wollender Platzregen, ein Land-Platzregen sozusagen. Gut, Überschwemmungen durch zu viel Regen, so was gab es ja sogar im Münsterland. Die Werse trat regelmäßig über die Ufer und flutete die Weiden der Umgebung. Und so viel Regen wie hier hatte ich zu Hause noch nie erlebt. Jedenfalls klang es danach, das mir zunehmend ohrenbetäubend erscheinende Getrommel auf der Plane. Und wenn sehr viel Wasser auf eine ohnehin ja irgendwie matschige, wacklige, offenkundig also nicht wirklich stabile Oberfläche traf und diese weiter durchweichte ... – könnten wir womöglich einfach untergehen? Wie funktioniert das überhaupt mit diesen Moorleichen? Waren nicht schon ganze Mammutherden, Steinzeitmenschen und Saurier unter ähnlichen Umständen zu Tode gekommen? Die hatten bestimmt auch zuvor gedacht, sie seien sicher. Man weiß ja überhaupt sehr wenig über Moore.

Fest hält die Fibel das zitternde Kind
Und rennt, als ob man es jage;
Hohl über die Fläche sauset der Wind –
Was raschelt drüben am Hage?
Das ist der gespenstige Gräberknecht,
Der dem Meister die besten Torfe verzecht;
Hu, hu, es bricht wie ein irres Rind!
Hinducket das Knäblein zage.

Meine Gedanken jagten sich im Kreis. Und bildete ich
mir das nur ein, oder wackelte es tatsächlich ein bisschen? Ja, Ralf hatte sich umgedreht. Und gleich bebte der
ganze Boden. Das war am Abend aber noch nicht so aus-
geprägt gewesen. Da musste man schon mit aller Kraft
auftreten oder eben springen, um den Effekt zu erzielen.
Ich verlor die Nerven. »Ralf, wach auf, wir gehen unter!«, rief ich, während der Regen weiter prasselte. Ralf
fuhr hoch, sofort wackelte wieder alles. »Was ist los?«,
fragte er verwirrt, »du spinnst. Auf der Fähre waren wir
gestern, hier sind wir an Land, hier kann man nicht untergehen.« Jetzt schien er den Lärm des Regens erst richtig zu registrieren und schob ein etwas unsicherer klin-
gendes » ... glaub ich jedenfalls« hinterher. »Guck mal,
was passiert, wenn ich auf den Boden haue«, sagte ich.
Es war, als zelteten wir auf einem großen Wackelpud-
ding. Oder einem Wasserbett. Jede Bewegung führte
sofort zu spürbaren Vibrationen und Gewackel. »Das war
doch die ganze Zeit schon«, murmelte Ralf, aber richtig
überzeugt wirkte er nicht. »Es hat die ganze Nacht gereg-
net«, gab ich zu bedenken, »das ganze Wasser muss ja
hier ins Moor eingezogen sein. Vielleicht weicht jetzt der
ganze Boden auf, und wir gehen unter?« »Quatsch«,
sagte Ralf, aber er betonte es eher wie »schon möglich«.
In dem Moment vibrierte der gesamte Boden wie toll.
Wir sahen uns entsetzt an. Wieder eine Welle, wieder
bebte der ganze Boden. Mir stiegen die Tränen in die
Augen. Ich wollte nach Hause. Aber das konnte ich na-

türlich auf keinen Fall sagen. Es war schließlich, nach der Nacht auf der Fähre, unsere erste richtige Feriennacht, das Abenteuer war gerade erst losgegangen. Und war uns schon erheblich zu abenteuerlich, denn jetzt bebte der Boden zwar nur recht fein, aber doch sehr anhaltend. Von uns, das war damit endgültig geklärt, gingen die Wellen also auf keinen Fall aus. »Ist da draußen nicht auch irgendwas?«, fragte ich unsicher. Allerdings hörte man kaum etwas, wegen dem Regen. Ralf schaute plötzlich wild entschlossen und knurrte: »Wir gehen da jetzt raus und gucken nach!«

Da birst das Moor, ein Seufzer geht
Hervor aus der klaffenden Höhle;
Weh, weh, da ruft die verdammte Margret:
»Ho, ho, meine arme Seele!«
Der Knabe springt wie ein wundes Reh,
Wär' nicht Schutzengel in seiner Näh',
Seine bleichenden Knöchelchen fände spät
Ein Gräber im Moorgeschwehle.

Ich schluckte. Ich hatte Angst. Ich wollte nicht mitten in der Nacht bei Starkregen in ein bebendes Moor hinaus. Hier lagen wir wenigstens. Ich hatte in den Abenteuerbüchern meiner Kindheit gelesen, dass man sich hinlegen muss, wenn man in Mooren oder Treibsand oder auf Eis einzusinken oder einzubrechen droht. Wer weiß – wenn wir einen Schritt vor die Tür setzen, dann schnappt sich uns das Moor. Und zieht uns in die Tiefe.

Aber Ralf hatte sich schon vorgebeugt, die Taschenlampe angemacht und den Reißverschluss des Eingangs aufgezogen. Er lugte kurz nach draußen, dann stieg er aus dem Zelt. Ich wartete ängstlich, ob ein auffälliges Schmatzgeräusch davon kündetete, dass er vom Untergrund verschlungen worden war. Aber nichts. Nur der Boden wackelte erkennbar, als er offenbar ums Zelt stapfte. »Komm mal raus«, brüllte er mir zu. Also gut.

Der Gefahr ins Auge sehen. Vielleicht wirkte ja alles auch ganz harmlos, wenn man erst mal die Perspektive wechselte. Ich schnappte mir meine Taschenlampe, quälte mich in die eklig feuchten Schuhe und stieg ebenfalls nach draußen. Ralf stand direkt neben dem Eingang und ließ den Schein der Taschenlampe um das Zelt wandern. Und im Lichtkegel tauchten sie dann auf, eine nach der anderen: Kühe. Eine ganze Herde. Sie waren gekommen, uns zu holen. Beziehungsweise: uns zu zermalmen. Noch standen sie rings um unser Zelt und käuten gelassen vor sich hin. Immerhin, das erklärte das Beben. So eine Kuh wiegt ja ordentlich was, wenn die einen Schritt geht, kann der Moorboden schon mal wackeln. Aber wenn die Kühe nachts einfach über unser Zelt stampfen würden, dann wäre es um uns geschehen. »Ach du scheiße«, murmelte ich also, »was machen wir jetzt?« Ralf schaute mich erstaunt an: »Was sollen wir denn machen?« Er hatten den »Velbinger« nicht gelesen. Er wusste nichts von der Gefahr, in der wir schwebten. »Wenn die jetzt eine Stampede machen? Über unser Zelt?« Ralf sah zu mir, als habe ich den Verstand verloren. »Die stehen hier in aller Seelenruhe herum und machen überhaupt nichts. Außer eine Menge Kuhfladen, was morgen beim Frühstück unschön sein könnte. Sonst sehe ich hier keine Gefahr. Und so lange der Boden hier eine ganze Kuh-Herde trägt, wird wohl kaum unser Zelt darin versinken, egal wie viel es noch regnet. Ich leg mich jetzt wieder hin. Ich bin schon völlig durchnässt.« »Aber ... wenn die ... und außerdem: Wenn es morgen hell wird, unser Zelt ist rot!« »Na und? Das sind Kühe, keine Stiere. Außerdem ist das doch sowieso nur ein Mythos mit dem Rot. Jetzt komm schon rein. Die einzige Gefahr hier ist, dass du dir den Tod holst bei dem Dreckswetter.«

Vom Ufer starret Gestumpf hervor,
Unheimlich nicket die Föhre,

Der Knabe rennt, gespannt das Ohr,
Durch Riesenhalme wie Speere;
Und wie es rieselt und knittert darin!
Das ist die unselige Spinnerin,
Das ist die gebannte Spinnlenor',
Die den Haspel dreht im Geröhre!

Ich resignierte. Einschlafen konnte ich nicht mehr in dieser Nacht, ich fiel in einen unruhigen Dämmerzustand. Bei jedem Beben des Bodens, wenn eine Kuh ihre Position veränderte, fuhr ich hoch und schaute ängstlich zum Zeltdach, in der Erwartung, gleich von mehreren Tonnen Hamburger-Rohmasse zertreten zu werden. Oder doch noch im Moor abzusaufen.

Mit der ersten Morgendämmerung schälte ich mich aus dem Schlafsack. Der Regen hatte jetzt aufgehört, gebebt hatte es auch eine Weile nicht mehr. Ich kroch nach draußen im ersten Morgenlicht, die Kühe waren längst weg. Ich zog meine Iso-Matte nach draußen, schmiss den Kocher an und machte mir einen heißen Tee. Aus dem Boden stiegen Schwaden auf. Ich saß vor unserem Zelt, schlürfte meinen Tee und spürte, wie ein leichtes Glücksgefühl langsam in mir hochkroch, im selben Maße, wie das Frösteln nachließ. Wir hatten es überlebt. Und wir saßen hier, mitten in der Wildnis, am äußersten Rand von Europa. Wir hatten wild gezeltet. Wir konnten hingehen, wohin wir wollten. Wir hatten unser erstes Abenteuer erlebt. Endlich war es wirklich so weit: Wir machten Interrail.

Letzte Worte

Im Fall von Herrn Böttger entfiel immerhin dieser schreckliche Moment, wenn man einen bei vollem Bewusstsein liegenden Patienten zum Sterben in ein Einzelzimmer schiebt. Das habe ich in meiner Zivildienstzeit am meisten gehasst. Ich kam mir dabei vor wie der Assistent des Henkers, der den Delinquenten zum elektrischen Stuhl führt, nur dass der Vollstrecker bei uns in aller Regel Krebs hieß und sich weigerte, den Hebel auf Kommando zu drücken, das Überraschungsmoment gab er nie aus der Hand. Dennoch, wenn es wirklich zu Ende ging, veranlasste Schwester Eugenia die Verlegung aus dem Dreibett- in ein Einzelzimmer, wann immer das möglich war. Sie wollte die anderen Patienten nicht zu stark belasten, bei uns waren Sterbende immer Einzelfälle, wir hatten keine praktischen Sammelräume für sie wie die drüben auf der Internistischen, die meisten unserer Kunden gingen nach kurzem Aufenthalt auf der Station und noch kürzerem auf dem OP-Tisch wieder frohgemut nach Hause.

Nur hin und wieder entpuppte sich die vermeintliche Zyste am Anus – von Schwester Eugenia wurden solche Patienten bei der Übergabe immer etwas respektlos als »wieder einer mit 'nem Säuferpickel am Hintern« vorgestellt – als Botschafterin eines weit fortgeschrittenen Tumors, und dann wurde es sehr hektisch und ungemütlich. »Auf- und wieder zugemacht«, lautete der interne Kodex für hoffnungslos, wenn die Chirurgen nichts mehr ausrichten konnten, und wir versuchten dann, die Patienten möglichst schnell wieder loszuwerden. Wir waren eine chirurgische Station, und da gab es dann in so einem Fall ja nun einmal nichts mehr zu tun. Aber manchmal scheiterte die Abschiebung, dann mussten wir die Sache eben zu Ende bringen, und irgendwann wurde das Einbettzimmer fällig, damit die anderen Patienten nicht beunruhigt wurden und damit sich der Priester seinem fluchtunfähigen Opfer in Ruhe allein widmen konnte. Schließlich waren wir ein katholisches, klösterlich geführtes Krankenhaus.

Im Fall von Herrn Böttger entfiel immerhin also dieser schreckliche Moment, wenn man einen bei vollem Bewusstsein liegenden Patienten zum Sterben in ein Einzelzimmer schiebt, weil Herr Böttger von Anfang an in einem Einzelzimmer lag, denn er war Erste-Klasse-Patient. Als solcher genoss er das Privileg, von Schwester Eugenia, unserer Stationsnonne, persönlich für die Operation rasiert zu werden ebenso wie von ihr die Wundversorgung am Anus zu bekommen. Ich weiß nicht, wie sehr er das zu schätzen wusste, als er eingangs auf allen Vieren auf seinem Bett knien und der Nonne den Hintern entgegenstrecken musste, damit diese ihm dann mit ihren gummibehandschuhten Fingern seine Backen so weit wie möglich auseinander schieben konnte.

Eigentlich also sollte nur der Säuferpickel wegoperiert werden. Herr Böttger war ein sehr vital wirkender 60-jähriger, ein Geschäftsmann, sichtlich wohlhabend, gebildet und humorvoll, ein echter Traumpatient, einer von denen, die für üppige Trinkgelder und wenig Ärger sorgen. »Wieso Säuferpickel?«, hatte ich Schwester Eugenia gefragt, denn wie ein Alkoholiker wirkte der vornehme Herr Böttger wirklich nicht, und der Zusammenhang zwischen Anuszyste und Alkohol war mir auch nicht ersichtlich, aber Eugenia klärte mich darüber auf, dass bei überzogenem Biergenuss der Stuhlgang häufig sehr flüssig würde, was auf Dauer eben verstärkt zu solchen Zysten führe, daran erkenne man es dann immer.

Dann war Herr Böttger auf- und wieder zugemacht worden, und jetzt wurden wir ihn nicht mehr los. »Es ist seltsam«, meinte Schwester Eugenia, »die Leute merken überhaupt nichts, kommen wegen irgendeiner Lappalie zu uns, dann finden wir den Krebs und in ein paar Tagen ist plötzlich alles vorbei, die kommen nicht mal mehr wieder raus. Als würde sich der Krebs, wenn seine Heimlichtuerei einmal aufgeflogen ist, provoziert fühlen. Oder als ob die frische Luft bei der Operation ihn erst richtig munter gemacht hätte.« Der Krebs von Herrn Böttger war jedenfalls richtig munter geworden, hat vermutlich einen Sauerstoffschock erlitten oder sich erschrocken, als die Scheinwerfer im Operationssaal ihn plötzlich geblendet haben, und jetzt machte er Ernst.

Herr Böttger wirkte merkwürdig gefasst, nachdem er das niederschmetternde Resultat erfahren hatte, seiner Frau fiel es schwerer. Sie war eine Hausfrau, die alles sehr gut im Griff hatte, als sie ihren Mann abgab. Die bei jedem Besuch an Blumen für die Schwestern oder Kuchen für uns Pflegepersonal dachte. Die anschließend immer zu irgendeinem Termin musste, zur Dauerwelle oder zum Tennis, oder der Gärtner kam, um einen Baum zu stutzen. Und jetzt lief plötzlich nichts mehr nach Plan, jedenfalls nicht nach ihrem, das CA, wie es auf unserer Station hemmungslos angekumpelt wurde, das Carcinom also hatte die Planung übernommen und scherte sich nicht um die Gartensaison und das Turnier am Wochenende. Frau Böttger gelang es nicht, sich auf die neue Situation einzustellen, sie wurde zerrieben bei dem Versuch, draußen alles reibungslos aufrechtzuerhalten und drinnen ihrem Mann angemessen beizustehen. Wir waren verblüfft, ihrem täglich rasant fortschreitenden Zerfall zuzusehen. Erst als die Ärzte ihr sagten, dass es jetzt wohl jeden Moment so weit sein könnte, gab sie ihr Doppelleben auf und stellte sich ganz dem bevorstehenden Ende ihres Mannes, dessen Wunsch nach einer Erweiterung des Steingartens inzwischen ja irgendwie auch irrelevant geworden war. Trotzdem verschob sie den Termin mit dem Gärtner nur auf nächste Woche.

Ich schob ihr ein zweites Bett ins Zimmer, »es ist ja nicht für lange«, wie Schwester Eugenia meinte, »und ihr Mann isst ja auch nichts mehr, das kann sie ruhig haben. Ist ja schließlich bezahlt.«

Es war dann aber doch für überraschend lange. Herr Böttger starb und starb einfach nicht. Seit vier Tagen schon war er nicht mehr ansprechbar, atmete nur noch ganz flach, eigentlich war man sich nie ganz sicher, ob er überhaupt noch lebte. Seine Frau war der Verzweiflung nahe, aber sie weigerte sich, Eugenias Rat zu befolgen und nach Hause zu gehen. »Wir rufen Sie doch sofort an, wenn irgendwas ist«, versuchte sie, sie wegzulocken, als wäre nicht klar, was nur noch sein könnte. Aber Frau Böttger blieb standhaft, sie wollte auf jeden Fall dabei sein, Rhododendronpflanzung hin oder her.

Der Zustand von Herrn Böttger stabilisierte sich knapp über Null. Am achten Tag schließlich meinte seine Frau am Nachmittag, sie müsse jetzt doch wenigstens einmal eine Nacht wieder zu Hause schlafen, noch mal könne sie den Gärtner auch nicht verschieben, der käme gleich. Schwester Eugenia bekräftigte sie in ihrem Vorhaben und versprach flüsternd erneut, dass wir uns sofort melden, wenn »etwas ist«. Alle flüstern immer, wenn Sie vor Sterbenden stehen. Ob man dadurch ruhiger entschläft? Ich glaube, mich wird es eher einmal sehr beunruhigen, wenn es so weit ist und ich als Letztes mitbekomme, dass alle nur noch wispern.

Ich hatte Nachtdienst. Gegen vier Uhr morgens war nichts mehr los auf der Station, ich ging zu Herrn Böttcher und legte mich in das Bett neben ihm. Ich hoffte, der blöde Pieper würde den Schnabel halten bis zum Morgen.

Ich wachte kurz vor sechs wieder auf. Der Schichtwechsel nahte, ich musste ins Schwesternzimmer. Ich sah kurz zu Herrn Böttger rüber. Der lag mit wachen Augen da und lächelte mir entspannt zu. Mir schnürte sich die Kehle zu. Hatte ich nicht mal so was gehört, dass Sterbende noch einmal, kurz bevor es dann wirklich vorbei ist, einen klaren Moment haben? Verdammt, dachte ich, bloß das jetzt nicht. Halt durch! Deine Frau ist in einer halben Stunde wieder hier! Bloß jetzt nicht ...

»Was guckst du denn so erschrocken? Hast du gedacht, ich wär' schon tot?«, fragte Herr Böttger lächelnd.

»Äh, nein, es ist nur ... Ihre Frau kommt gleich zurück, die müsste jeden Moment hier sein.« Ich rang mit mir, ob ich jetzt einfach wild auf ihn einreden sollte, sozusagen um ihn am Einschlafen zu hindern, es konnten nur noch Minuten sein, bis sie zurückkäme, andererseits schien es mir auch unpassend, ihn am Ende nicht mehr zu Wort kommen lassen, zu jenen womöglich letzten Worten. Wer weiß, vielleicht hatte er ja noch etwas Wichtiges zu sagen, oder etwas Schönes, und wäre aber zu schwach, sich gegen meinen aufgeregten Wortschwall durchzusetzen, vielleicht hatte er sich etwas wirklich Großes zurechtgelegt, und ich plapperte ihn mit den Saufgelagen in der Zivi-Küche voll – war das wirklich das, war er als Letztes hören wollte? Ich hielt den Mund.

Er sah mich an und wirkte sehr entspannt dabei: »Meine Frau ist nicht da?«

Mein Mund, mein Rachen waren schlagartig ausgetrocknet, mühsam brachte ich ein leises »Nein, aber sie kommt wirklich gleich wieder« heraus, verdammt, wo blieb sie denn, sie war doch sonst immer pünktlich, um halb sieben, hatte sie gesagt, um halb sieben ist sie zurück. Er lächelte.

»Und ich hatte schon befürchet, die bleibt die ganze Zeit hier sitzen, die kann wirklich zäh sein«, sagte er kichernd. Dann griff er plötzlich nach meiner Hand, drückte sie fest – und das war es dann. Irgendwie sieht man sofort, wenn jemand tot ist. Einen kurzen Moment spürte ich Panik in mir aufsteigen und wollte den Alarmknopf drücken – aber wozu? Und schließlich musste seine Frau jeden Moment wieder reinkommen. Ich betrachtete noch einmal seinen zufriedenen, fast glücklichen Gesichtsausdruck. Seine Hand ruhe fest in meiner. Ich entschied mich, gar nichts zu machen. Fünf Minuten später kam seine Frau herein. Noch ehe sie etwas sagen konnte, flüsterte ich ihr zu: »Ich glaube, es ist so weit«, sie stürzte heran, ich ließ los und ging.

Als ich gerade nach Hause gehen wollte, kam sie zu uns ins Schwesternzimmer. »Ich habe Brötchen für Sie alle mitgebracht«, flüsterte sie zu den Schwestern und stellte uns die Papiertüte auf den Tisch. Dann wandte sie sich mir zu: »Ist denn noch irgendwas gewesen? Hat er noch irgendwas gesagt?«

Ich sah sie kurz an. »Nein«, antwortete ich, »es ist nichts gewesen. Er hat nichts mehr gesagt.«

McDonalds & ich

Berlin, Bahnhof Zoo. Vor mir läuft ein Mittzwanziger-Pärchen entlang. »Ich hab Hunger«, nörgelt er, findet bei ihr aber keine Gnade: »Wir sind doch bald zu Hause.« »Ach komm, lass uns doch einfach zu *McDonalds* gehen.« Sie daraufhin aufrecht entrüstet: »Jetzt, wo die Amerikaner den Irak angegriffen haben?«

Ich bin bezaubert. So etwas hatte ich ja schon seit Jahren nicht mehr gehört! Ich dachte, so etwas wäre mit den Achtzigern ausgestorben. Oder hätte sich transformiert in: »Bei *Burger King* sind aber gerade mexikanische Wochen, lass uns lieber dahingehen«.

Ich denke an meine frühe Jugend zurück. Erstmals von *McDonalds* erfahren – in Münster gab es so was in den frühen Achtzigern noch gar nicht! – hatte ich mit dreizehn im Zeltlager der katholischen Gemeinde. Die Betreuer waren natürlich alle, wie damals noch üblich, grün-alternativ und wollten bei ihren Schützlingen das richtige politische Bewusstsein entwickeln. So mussten wir denn auf einer schnitzeljagdähnlichen Veranstaltung, bei der es diverse Aufgaben zu bewältigen gab, unter anderem »eine große amerikanische Abfütterungsanstalt« finden und dort möglichst viele Argumente gegen sie aufschreiben. Ich war natürlich der Einzige, der keinen Schimmer hatte, wovon überhaupt die Rede war, und vermutlich wäre ich noch bis zum Ende der Sommerferien durch Coburg geirrt, wären meine Mitstreiter nicht besser informiert gewesen. Als wir das »etwas andere Restaurant« gefunden hatten, waren wir schon ganz schön hungrig, und ich wollte mal gucken. Ein Altersgenosse aus meiner Gruppe beschied aber bestimmt: »Da darf man nicht essen!«

Meine späteren Versuche, die Gründe für dieses kategorische Verbot zu erfragen, waren lange Zeit nicht richtig von Erfolg gekrönt. Ich stieß auf eine Wand eisigen Schweigens, die Statements beschränkten sich auf kurze Ablehnung oder wenig erhellende Erläuterungen wie »Das ist total eklig« oder »Das ist völlig ungesund«. »Ja, aber sonst gehen wir doch auch immer zum *Dorf-Grill*, das ist doch wohl kaum gesünder ...« Wer den *Dorf-Grill* kannte, weiß, wie Recht ich hatte.

Es half nichts. Wahrscheinlich wussten sie es wirklich nicht. Klar war nur: Irgendwie waren alle dagegen: die Eltern und Lehrer wegen Kulturverlust und ungesund, die coolen, älteren, friedensbewegten Jugendlichen mit ihren Strickpullovern und Langhaartrachten wegen den bösen Amis, dem Regenwald und überhaupt.

Wie auch immer, die Indoktrination hatte gesessen. Als ich später in Münster den ersten *McDonalds* entdeckte, war ich zwar sehr neugierig, traute mich aber nicht rein, weil ich Angst hatte, jemand könnte mich sehen. Ein bisschen wie Sex-Shop.

Erst viel später war ich souverän genug, die Sache mit ein paar Bestellungen zu erkunden. Ich fand's ganz okay, ein bisschen teuer im Vergleich zur normalen Pommesbude und etwas weniger lecker, weil nicht so schön fettig. Und sie hätten Ronald McDonald meinetwegen mal ein längeres Bad in einer der Fritteusen gönnen können. Schon damals ging mir dieser ganze Gute-Laune-Terror erheblich auf die Nerven. Vielleicht wäre *das* der richtige Grund gewesen, die Läden einfach alle platt zu machen, vielleicht hätte man damals alles Weitere noch verhindern können. Aber nun ist es, wie es ist, wir haben die Spaßgesellschaft und die »SAT.1 Comedy Nacht« und Mario Barth, jetzt müssen wir sehen, wie wir damit fertig werden.

Was *McDonalds* anging, blieb aber die etwas mystische Aura des Verbotenen, erst recht, als ich nach Berlin umzog. In meinem ökologisch orientierten Studiengang, wo ich mir schon heftige Rüffel einfing, wenn ich mal irgendwo mit einer Plastiktüte auftauchte, wäre das Bekenntnis, dass man den Laden soooo schlimm eigentlich gar nicht findet, Rufselbstmord gewesen.

Die ersten Monate in der neuen Stadt und an der Uni waren für mich eine in jeder Hinsicht aufgewühlte Zeit. Mein Bewusstsein wurde um einige Dimensionen erweitert, ich erlernte die geschlechtsneutrale Sprache – einzig: Ich kam nicht recht zum Vögeln. Also beschloss ich, mich politisch zu engagieren.

Eines Abends landete ich mit einer Mit-Aktivistin in der Kneipe. Sie war immer eine der Selbstbewusstesten und Radikalsten, ungefähr fünfzehn Jahre älter als ich, und hatte eine wüste Prä-Studiums-Biographie aufzuweisen. Es wurde ein schöner Abend. Und irgendwann nachts, als die Stühle hochgestellt wurden, sagte sie: »Ich habe noch Hunger. Kommst du mit zu *McDonalds*?« Das war der Moment, in dem ich mich sofort Hals über Kopf in sie verliebte. Sie berichtete, dass sie mal, kurz bevor sie als Kaffee-Ernte-Helferin nach Nicaragua gegangen sei, ein Jahr in Detroit gelebt hätte, in einem Projekt zur Stärkung der Gewerkschaftsstrukturen, und dass sie Fast Food aus dieser Zeit noch sehr schätzte und ihr das ganze ideologische Gebrabbel »auf die Eierstöcke« ging – ganz echt, so wurde damals gesprochen.

Anschließend fragte sie mich, ob ich mit zu ihr kommen wollte. Ich torkelte mit weichen Knien hinter ihr her.

Bei ihr angekommen, tranken wir noch ein Bier, dann knutschten wir ein wenig. Schließlich sagte sie, dass es Zeit sei, ins Bett zu gehen. Sie zog sich aus und legte sich auf ihren 2x2-Meter-Futon. Ich war schreckstarr. »Was'n los? Komm schon«, forderte sie mich auf, im normalsten Tonfall der Welt. Zögernd zog ich mich auch aus und legte mich zu ihr, und als sie bemerkte, dass ich natürlich ziemlich erregt war, musste sie kurz lachen und meinte zu meiner völligen Verwirrung: »Ach so, na das!« Dann hockte sie sich neben mich und holte mir einen runter. Danach meinte sie: »Du bist wirklich süß. Manchmal tut's mir fast leid, dass ich lesbisch bin.« Sie küsste mich, schmiegte sich in meinen Arm und schlief ein. Ich lag verwirrt neben ihr, wagte die ganze Nacht kaum zu atmen und tat kein Auge zu.

Lange hatte ich mich danach gesehnt, und das war er nun also: mein erster Sex in Berlin. Ich wusste nicht so recht, was ich davon halten sollte. Ein bisschen wie ein Besuch bei *McDonalds*. Man fühlt sich immer etwas deplatziert, wird zwar schon irgendwie satt, aber richtig befriedigend ist es nicht.

Los Angeles

Marco und ich hatten sieben gute Wochen in Mexiko hinter uns, jetzt ging es wieder nach Hause. Schluss- wie Ausgangspunkt unserer Reise war Los Angeles, weil die Flüge hierher deutlich günstiger waren als in das Nachbarland, das gleiche galt für die Mietwagen. Um es am nächsten Morgen möglichst einfach zu haben, beschlossen wir, in direkter Flughafennähe zu übernachten. Wir gingen so vor, wie wir es die ganzen Wochen zuvor geübt hatten: Wir fuhren an unserem Ziel herum, in diesem Fall also kurz vor dem Flughafen, hielten nach kleinen Herbergen Ausschau und fragten dort nach dem Preis. Nun ist diese Technik in winzigen mexikanischen Nestern erfolgversprechender als im doch etwas unübersichtlichen Los Angeles. Wir orientierten uns also an den großen Hotels, die für uns zu teuer waren, gingen aber davon aus, dass wir, wenn wir ein paar Meter weiter fahren würden, schon auch bezahlbare, kleinere Alternativen finden würden. Und wir sollten Recht behalten. Kaum hatten wir das *Holiday Inn* und das *Best Western* hinter uns gelassen, tauchten kleine Motels auf, in deren Leuchtbeschriftung immer das t oder das l ausgefallen waren. Je weniger Buchstaben leuchteten, desto günstiger versprach die Bleibe zu sein, und es war ja nur für eine Nacht. Konsequenterweise fuhren wir bei einem einsam flackernden e auf den Hof. Wir stiegen aus und hielten nach der Rezeption Ausschau. An einem Fensterrahmen befand sich ein Klingelknopf, den man betätigen konnte, wenn man durch die Gitter griff, die vor der Fensterfront verankert waren. Dann ging im Innern ein Licht an, aber wir wurden nicht etwa hineingebeten, vielmehr erinnerte das Prozedere an eine Nachttankstelle: Über einen Lautsprecher krächzte ein heiseres »Yes?« zu uns nach draußen, die Person auf der anderen Seite konnten wir nur als Schemen hinter milchigem Glas erkennen. Wir fragten nach einem freien Zimmer und dem Preis. Spätestens hier hätten wir misstrauisch werden sollen, denn der war außergewöhnlich günstig. Wir aber freuten uns und verlangten, das Zimmer zu besichtigen. Es klackerte neben dem Fenster, und aus der Wand rutschte ein Schlüssel in eine Metallschale. Aha. Das war der Moment, wo ich dachte, dass wir vielleicht besser eine Unterkunft mit zwei funktionierenden Leuchtbuchstaben wählen sollten. Wir nahmen trotzdem den Schlüssel, stapften durch das Dunkel des Hofes zu den Räumen und suchten nach der Nr. 5. Das Zimmer selbst war schäbig, aber nicht eklig. Für eine Nacht und den Preis okay. Als wir zurück zum Auto gingen, um unsere Sachen zu holen, sahen wir erstaunt, dass sich in der Zwischenzeit jemand dort hineingesetzt hatte. Vielleicht wären auch drei leuchtende Buchstaben für Los Angeles angemessen, dachte ich jetzt, aber dafür war es nun definitiv zu spät. Die Person im Auto war geschlechtsneutral, das heißt, genau genommen war sie das Gegenteil, sie war extrem übertrieben auf Frau gestaltet, überschminkt, überparfümiert, überdressed und übergroß. Dazu mit übertrieben männlicher Stimme. Ein Transvestit. Oder ein Transsexueller. Oder ein Transgendermetropolitaner, was weiß ich denn, er oder sie oder es saß jedenfalls auf dem Beifahrersitz unseres Autos.

Wenn man in Berlin etwas lernt, dann ist es, andere Menschen ignorieren zu können. Berliner gelten ja als roh und hässlich, als geschmacklos und unhöflich – aber eine Kulturleistung haben sie zu ungeahnten Höhen getrieben, und das kann man ihnen gar nicht hoch genug anrechnen: die Kunst der Ignoranz. Wer eine Weile in der

Stadt gelebt hat und fähig ist, von anderen Kulturen, so fremd und abschreckend sie auch wirken mögen, etwas anzunehmen, der wird bald einige Krümel vom Kuchen der Nichtbeachtung naschen und sich daran laben.

Auf unserem Beifahrersitz saß also eine recht fragwürdige Person. Ja nun, dachte ich, wir müssen ja heute auch nicht mehr fahren. Warten wir doch mal ab, ob sie morgen immer noch da sitzt. Ich öffnete also die Tür, die Person blickte mich undefinierbar an, ich sagte kurz »Hi« und suchte die paar Sachen zusammen, die im Auto noch herumflogen. Dann warf ich die Tür wieder ins Schloss und schickte mich an, Richtung Motel-Zimmer zu gehen. Aus dem Auto ertönte Geschrei, die Beifahrertür wurde geöffnet, aber ich schaute gar nicht hin. Einfach weitergehen, dachte ich mir, das hast du jahrelang gelernt, das kannst du, lass das Mensch da machen, was es will, das Auto ist zudem gegen Diebstahl versichert. So ging ich weiter, nicht zu schnell, um nicht beunruhigt zu erscheinen, um keine Angst zu zeigen. Das lernt man ja auch in Berlin – bloß keine Angst zeigen. Egal, wie die Jugendgang sich auf dem Bürgersteig auch plustert und bläht, egal, wie übellaunig der Bullterrier gerade aus den Gesichtsfalten guckt und wie ausgezehrt und geschwächt der Körper des vom Alkoholmissbrauch gezeichneten Herrchens auch wirkt, das müde hinter dem Tier hertorkelt – ungerührt weitergehen, keine Miene verziehen. Das ist die alles entscheidende Überlebensregel im Berliner Dschungel.

In Los Angeles dagegen scheinen andere Regeln zu gelten. Jedenfalls wirkte die Person doch ziemlich aufgebracht, als sie mit gezücktem Messer plötzlich vor uns herumgestikulierte, sie war tatsächlich gelaufen, gerannt, um jetzt vor uns zu stehen, das würde in Berlin ja auch niemand machen. Das allerdings, soviel war mir dann doch klar, war nun auch nicht mehr der Zeitpunkt für interkulturelle Vergleiche. Zumal ich erfreulicherweise bislang keinerlei Erfahrungswerte im Umgang mit Messerzückern hatte. Ich hielt es für schlau, meine Strategie an der veränderten Situation neu auszurichten.

»Why don't you take any notice of me?«, herrschte die Person mich in ziemlich akzentigem Englisch an, aber ebenso undefinierbar wie ihr reales Geschlecht unter der Frauenmaskerade war ihre reale Sprache unter dem Englisch auszumachen. Ich starrte sie und ihr Messer verblüfft an.

»Why don't you take any notice of me?«, setzte sie nach. Offenbar ein ungeduldiger Mensch.

»I'm from Berlin«, erläuterte ich.

Jetzt starrte sie mich verblüfft an. Sie schien das keine plausible Erklärung für unser Verhalten zu finden. Sie überlegte offenbar angestrengt, wie sie mit der Situation umzugehen habe. Sie schien zu einem Entschluss zu gelangen: »Okay. But don't ignore me any more!« Erleichtert registrierte ich, wie sie das Messer wieder einsteckte. Jetzt standen wir voreinander, jeder für sich grübelnd, was aus dieser Situation zu machen sei. Ich konnte nicht einmal erahnen, worüber sie nachdachte, ich hoffte nur eindringlich, dass sie sich nicht über die Frage den Kopf zerbrach, wo sie meine Leiche würde entsorgen können. Ein vorsichtiger Blick über den Hof ließ das allerdings unwahrscheinlich erscheinen – es sah einfach nicht so aus, als müsse man sich hier unbedingt Mühe geben, Leichen verschwinden zu lassen. Es sah im Grunde überhaupt nicht so aus, als würde sich irgendwer Mühe geben, überhaupt irgendetwas verschwinden zu lassen. Es war eine Scheißgegend, es war eine Scheißidee gewesen, hierher zu fahren, und ich verfluchte unsere Scheißnaivität, aber das war ja nun alles nicht mehr zu ändern.

»I need something to eat«, teilte sie nun mit, »come on, we go to *Pizza Hut*.«

Sie wollte zum Essen eingeladen werden? Das war eine etwas unerwartete Wendung in unserer ja noch sehr frischen Beziehung. Ich hatte zwar irgendwie keinen rechten Appetit, aber ich dachte, es sei nicht klug, diese Einladung zur Einladung auszuschlagen. Wir gingen zum Auto, stiegen ein, und sie dirigierte uns durch die dunklen Straßen. Es sah wirklich nach keiner guten Gegend aus.

»It's a bad area here«, teilte sie folgerichtig mit, »you shouldn't stay here.«

Ich bedankte mich höflich für den guten Ratschlag.

Als wir am *Pizza Hut* ankamen, ging ich davon aus, dass wir der Person einfach eine Take-away-Pizza kaufen würden und fertig, aber das war ihr offenbar nicht standesgemäß genug.

»No, we go out tonight!«, teilte sie uns mit. So gingen wir also hinein und setzten uns an einen Tisch. Der Kellner brachte die Karte, guckte irritiert auf unsere doch etwas eigentümliche Runde, sagte aber nichts. Während die Person intensiv die Angebote durchging, überlegte ich fieberhaft, was zu tun sei. Wir waren mitten in einem ganz ordentlich besuchten *Pizza Hut*, irgendwo in Flughafen-Nähe in Los Angeles, mit einer irgendwie wie ein Latino-Mann wirkenden Person, die weiße Netzstrümpfe und hochhackige Schuhe trug, eine weiße Bluse und sehr signalfarben dick rot geschminkte Lippen. Sollten wir hier einfach um Hilfe rufen? Dem Kellner heimlich einen Zettel zuschieben? Einfach aufspringen und zum Auto laufen? Aber wer weiß, wie die Person reagieren würde? Hatte sie noch mehr Unannehmlichkeiten als das Messer parat?

Vielleicht ist es so, dass man in Stresssituationen wieder auf seine unverstellten Ur-Charaktereigenschaften zurückgeworfen wird. Auf jeden Fall dachte ich, nachdem ich versucht hatte, mir alle Handlungsoptionen vorzustellen: Ach, was soll's. Essen wir halt Pizza.

Und so geschah es dann. Die Atmosphäre war nicht wirklich entspannt, aber immerhin angenehm schweigsam. Die Person hatte sich für das All-you-can-eat-Pizzamenü entschieden und schlug kräftig zu. Wann immer der Kellner mit einem neuen Tablett vorbeikam, griff sie zu, auch von den *free refills* ihres Cola-Bechers machte sie ausgiebig Gebrauch. Immerhin, dachte ich, wenn wir doch noch weglaufen müssen, wird sie kaum hinterher kommen.

Wir mussten aber gar nicht mehr weglaufen. Plötzlich guckte sie auf ihre Uhr, sprang vom Tisch auf und sagte: »Oh fuck, I'm too late!« Sie zog sich ihren Kunstpelzmantel über, ging Richtung Ausgang, war schon fast draußen, da schien ihr etwas einzufallen, sie kam zurück an unseren Tisch: »Thanks for the invitation. And believe me: you shouldn't stay in this lousy motel. It's a really dangerous area. Take care.« Dann war sie verschwunden.

Wir zahlten, fuhren zurück zum Motel, luden eilig unsere Sachen ins Auto, ließen den Schlüssel in der Zimmertür und flüchteten zum *Holiday Inn*. Wir bekamen ein Zimmer im 8. Stock, der Ausblick über das Lichtermeer von Los Angeles war beeindruckend. Beim Einschlafen schauten wir noch nachdenklich die Nachrichten. Sie bestanden ausschließlich aus Morden und Überfällen in ganz Los Angeles. Es war eine lange Nachrichtensendung. Und eine kurze Nacht.

Waidwunde Wölfe

Ich war sehr darauf bedacht, diese CD immer gut zu verstauen, damit kein Besucher sie zufällig in die Hände bekam. Klaus Hoffmann war ein Sänger, den man besser hörte, wenn man sicher war, dass die Mitbewohner unterwegs waren. Und die Fenster geschlossen. Ich war gerade zwanzig, und ich war mir über die Peinlichkeit dieser Lieder völlig im Klaren. Dennoch zwang mich etwas immer mal wieder, diese CD aus der Schublade hervorzukramen, wo sie unter den alten Schülerzeitungen mit Beiträgen von mir lag, die auch niemand sehen durfte. Aber wenn der Moment gekommen war, gab ich mich ihr, leicht beschämt, hin.

Es war die Zeit der Suche. Als Bürgersöhnchen aus der Provinz frisch in Berlin eingetroffen, ohne rechte Vorstellung, was aus diesem Leben zu machen sei, ohne Freunde – und vor allem ohne Sex. Und wenn sich schon keine Frau anbot, das Verlangen zu stillen, dann musste wenigstens mit irgendjemand darüber lamentiert werden. Ich suchte bedingungslos intime Gespräche, ich war ein Emotionsdiskurslemming im ungebremsten Drang zum Abgrund.

So auch an jenem Abend mit Bernd. Bier war reichlich geflossen, das Nichtvorhandensein des Liebeslebens in allen Facetten debattiert und jede noch so peinliche Erfahrung gebeichtet, aber uns verlangte nach mehr.

Wenn es zu Frauen nichts mehr zu sagen gibt, bleibt immer noch die Musik. Ich weiß nicht mehr, wie es dazu kam, plötzlich aber gestanden wir uns gegenseitig: Ja, ganz manchmal, also in bestimmten Momenten, also mit allen Vorbehalten natürlich, also gut – wir fanden Klaus Hoffmann ganz okay, zumindest einiges, zumindest diesen einen Song.

Ein dunkles gemeinsames Geheimnis, das wir uns gegenseitig niemals zugetraut hätten. Und dann ging es los. Bernd konnte die Akkorde von *Derselbe Mond über Berlin* und schrieb sie auf einen Zettel. Den Text kannten wir auswendig, ich setzte mich ans Klavier. Und dann sangen wir gemeinsam, erst noch schüchtern und unangenehm peinlich berührt. Bei Zeilen wie *und nebenan, da lieben sich zwei Engel / und flattern einmal übern Horizont / dieselbe Sehnsucht unterm gleichen Himmel / und über alle Liebe wacht der Mond* zuckten wir noch zusammen, ein letztes Aufbegehren des guten Geschmacks, aber schließlich sangen wir – *Ich denke heute Nacht an dich / ich liege wach, seh dein Gesicht / und nebenan schläft eine fremde Welt* – und sangen – *Ich will zu dir, ich brauche dich / und weiß doch diesmal geht es nicht / ich kann nicht fort, nicht mal für teures Geld* – und sangen immer lauter: *Das ist derselbe Mond / derselbe Mond / das ist derselbe Mond wie über Berlin.* Leidenschaftlich, hemmungslos, wie waidwunde Wölfe in einer Vollmondnacht, die fürchten, dass sie am nächsten Tag abgeschossen werden, die nur noch diese eine Nacht haben, wir sangen, wir grölten, wir heulten – *derselbe Mond wie über Berlin / das ist derselbe Mond wie über Berlin –*, ohne Scham, mit offenem Visier, mit vollen Akkorden, immer und immer und immer wieder – *derselbe Mond wie über Berlin.*

Bernds große Liebe war zu der Zeit in den USA und hatte sich schon längt von ihm getrennt, er wusste nur noch nichts davon – *derselbe Mond wie über Berlin* –, ich war schwer verliebt, aber sie biss nicht an, doch irgendwo da draußen in dieser Stadt lag sie in irgendeinem Bett eines gottverdammten Studentenwohnheims, *und über aller Liebe wacht der Mond – das ist derselbe Mond ...*

Der Kater am nächsten Tag war furchtbar. Die CD blieb ganz unten in ihrer Schublade, ich hätte sie auch wegwerfen können, ich habe sie nie wieder gebraucht. Jahre später begann ich, eigene Lieder zu schreiben. Vorhin habe ich den Zettel mit den Akkorden in meinem Notenstapel wiedergefunden. Ganz vergilbt ist er, an den Rändern zerfleddert, mit Bierflaschenkringeln und verschmierten Buchstaben. Aber man kann noch alles lesen. Ich denke, ich setze mich mal ans Klavier.

Beratungsresistent

Es war kein gutes Zeichen, dass die Tür zu Gladys'
Wohnung weit offen stand. Es war mitten in der Nacht,
als ich angetrunken nach Hause kam und eigentlich möglichst schnell ins Bett wollte. Kurz rang ich mit mir. Gladys war eine drogensüchtige Prostituierte mit AIDS im
Endstadium, und unsere Gemeinsamkeiten erschöpften
sich darin, dass wir bcide im dritten Stock dieses Weddinger Hinterhauses lebten. Leider ist es ja mit der viel-
zitierten Anonymität der Großstadt hier in der Gegend
nicht so weit her. Drei Mal bereits hatte die Drogenfahn-
dung mich in Gladys' Wohnung eingeladen, um als un-
abhängiger Zeuge dabei zu sein, wenn sie bei ihr eine
Hausdurchsuchung vornahm.

Jedenfalls wusste ich durch diese unregelmäßigen Be-
suche bei ihr nicht nur von ihrer Drogensucht, sondern
auch von ihrer Vorliebe für Selbstmordversuche. Das
schafft Nähe. Seither bat sie mich immer mal wieder,
wenn sie ein paar Tage weg musste, ihre Fische zu füt-
tern. Sie hatte ein kleines Aquarium, in dem ein Schwarm
Neons umherpaddelte.

Das Bett lockte, aber letztlich siegte dann doch mein
Verantwortungsbewusstsein. Ich würde später nicht in
irgendeiner Gossenzeitung etwas davon lesen wollen,
dass eine schwerkranke Prostituierte nach einem Selbst-
mordversuch es zwar noch mit letzter Kraft bis zu ihrer
Haustür geschafft hatte, dann aber zusammengebrochen
war und, da niemand etwas bemerkt hatte, dort langsam
und qualvoll verblutet wäre. Oder Ähnliches. Also.

Ich klopfte zunächst vorsichtig, dann bestimmter, dann klingelte ich. Nichts tat sich. Gut, dann ging ich einfach hinein. »Gladys?«, rief ich, aber es gab keine Antwort. Vorsichtig schaute ich mich um. Mein Pulsschlag, der dann doch spürbar angestiegen war, beruhigte sich allmählich wieder. Vielleicht hatte ich ja Glück und sie war gar nicht da. Hatte einfach die Tür nicht richtig zugezogen, als sie zur Arbeit gegangen war, wer weiß, in welchem Zustand sie sich gerade befand. Dann brauchte ich nur die Tür schließen und konnte schnell zu mir rüber und ab ins Bett.

Ich wollte schon kehrtmachen, als ein röchelndes Geräusch aus dem Badezimmer drang. Oh, verdammt. Ich schaute hinein und fürchtete einen Moment, mich träfe der Schlag. Quatsch. Genau genommen: Ich fürchtete, sie träfe der Schlag. Denn Gladys saß in der Badewanne zwischen kleinen Schaumbergen und hielt einen Fön in der stark zitternden Hand. »Gladys!«, rief ich entsetzt und stürzte in das widerlich rosa gekachelte Badezimmer mit den dazu passenden zahllosen rosa Puschelornamenten, von der Flausch-Vor-Klo-Matte bis zu diesen Wollmützchen für die Reserverolle Toilettenpapier. Ich atmete auf, als ich bemerkte, dass der Fön gar nicht angeschlossen war, der Stecker baumelte im Badeschaum hin und her. »Zu kurz!«, begrüßte Gladys mich mit brüchiger Stimme, »das verdammte Kabel ist zu kurz. Es reicht nicht bis zur Wanne!«

Ein Verlängerungskabel könnte ich dir leihen, hätte ich in einem idiotischen Anflug fest eingebrannter Hilfsbereitschaft fast gesagt, aber dann siegte der Verstand doch noch über die Konditionierung.

Ich half ihr aus der Wanne, sie konnte sich kaum auf den Beinen halten. Ich reichte ihr das immerhin perfekt zur Inneneinrichtung passende rosa Frottee-Tuch, damit sie sich abtrocknen konnte. »Das ist sehr nett von dir«, flüsterte sie, »vielen Dank«. »Da nicht für«, erwiderte ich. Mir war nicht klar, dass diese eher norddeutsche

Floskel nicht überall verbreitet sein könnte. Sie sah mich kurz verständnislos an, dann lächelte sie mild: »Wofür denn? Ach, willst du ficken? Ich muss ja sowieso gleich zur Arbeit.« Ich lehnte dankend ab. Und stellte aber doch in Frage, ob es eine gute Idee sei, jetzt noch zur Arbeit zu gehen. Eine Frage, die sich im nächsten Moment ohnehin selbst beantwortete, denn sie klappte in meinen Armen zusammen. Zum Glück sind meine Reflexe dann doch ganz gut, und ich konnte sie gerade noch auffangen, ehe sie mit dem Kopf auf dem Rand der Wanne aufgeschlagen wäre. Das wäre ja auch wirklich zu blöd gewesen: Eine Lebensmüde aus der Wanne retten, in der sie sich mangels Stromanschluss gar nichts tun konnte, nur damit sie sich dann bei einem unfreiwilligen Sturz im Bad den Schädel einschlug. Neunzig Prozent aller Unfälle passieren ja bekanntlich im Haushalt. Ich schleppte sie in das Wohnzimmer, was keine sehr große Anstrengung bedeutete, denn sie wog nicht mehr viel. Ich legte sie auf die Couch, deckte sie zu und hoffte, mich damit endgültig davonstehlen zu können, da griff sie nach meinem Arm und sagte: »Ich brauche Stoff. Dringend. Ich kann nicht mehr. 100 Mark, bitte. Damit komme ich erst mal über die Runden. Kriegst du morgen auch wieder, wenn ich den Stoff habe, ist alles gut, dann kann ich auch arbeiten heute Nacht, dann hol ich das wieder rein, ich geb's dir morgen zurück, versprochen.«

Ich mochte es mir gar nicht näher vorstellen. Dem Konzept, seinen Körper zu verkaufen, stehe ich generell skeptisch gegenüber, aber bei diesem Körper hier konnte ich mir beim besten Willen nicht vorstellen, dass dafür überhaupt jemand etwas bezahlen würde. So oder so, die Sache gefiel mir nicht. Sie machte einen verheerenden Eindruck. »Ich hole Hilfe«, sagte ich entschlossen. »Nein«, hauchte sie, »die wollen nur, dass ich ins Krankenhaus gehe, ich geh aber nicht ins Krankenhaus. Auf keinen Fall. Vergiss es.« »Ach«, sagte ich, »da wird es schon noch andere Möglichkeiten geben.«

Aber welche? Ich hatte mal von einem psychosozialen Notdienst gehört, das schien mir hier die richtige Ansprechadresse zu sein. Ich ging zu mir rüber und blätterte im Telefonbuch, na also. Ich wählte die angegebene Nummer. Eine Warteschleife. Na toll. Hoffentlich würden sie gleich nicht verlangen, ich solle mein Anliegen über die Tastatur meines Telefons eingeben: »Für sexuellen Missbrauch, wählen Sie bitte die 1. Leiden Sie unter akuten Wahnvorstellungen , dann drücken Sie die 2. Für Selbstmordabsichten, wählen Sie bitte die 3.« Dazu kam es dann aber doch nicht. Ich flog stattdessen einfach aus der Leitung. Ich versuchte es noch mal. Ein Freizeichen, immerhin! Es tutete eine ganze Weile, dann nahm endlich jemand ab. Ich war sehr erleichtert und schilderte den Fall. »Wie ist denn die Adresse?«, fragte die freundliche Dame vom psychosozialen Notdienst. Ich gab unsere Anschrift durch. Jetzt würde alles gut. Profis würden sich der Sache annehmen und das Richtige tun, was immer das sein mochte, und ich könnte endlich ins Bett. »Das ist im Wedding, oder?«, fragte die freundliche Dame erneut, ich bestätigte. »Tut mir leid, da sind wir nicht zuständig«, sagte die freundliche Dame, und ich sagte: »Was?« »Wedding wird vom Nothilfetelefon Reinickendorf mitbetreut. Da müssten sie bitte dort anrufen.« »Wie bitte? Hören Sie mal, nebenan sitzt eine Frau, die massiv auf Entzug ist und sich gerade umbringen will, ich sollte da jetzt fix wieder hin, und sie kommen mir hier mit Zuständigkeiten? Können Sie nicht bitte ...« »Tut mir leid«, flötete die freundliche Frau, ich kann Ihnen nur die Nummer von den Kollegen in Reinickendorf geben.« Ich gab auf und schrieb mit.

Ehe ich mein Glück dort versuchte, ging ich lieber mal kurz nach drüben, nach Gladys schauen. Ich fischte sie vom Fensterbrett ihres geöffneten Fensters. »Lass das!«, kreischte sie, »lass mich springen!« Das wäre zwar kein Problem gewesen, weil sie dann direkt auf ihrem Balkon gelandet wäre, aber ich hielt es trotzdem für besser, sie wieder auf das Sofa zu legen. Dann ging ich zurück zu mir und rief beim Notfallhilfetelefon Reinickendorf an. Dort ging immerhin sofort jemand dran. Erleichtert schilderte ich den Fall. »Das ist sehr gut, dass sie sich gekümmert haben«, sagte der Mitarbeiter dort, nach der Stimme geurteilt ein freundlicher, älterer Herr. Das fand ich ja auch, ich nuschelte trotzdem etwas von Selbstverständlichkeit, dann sagte er: »Das ist heute ja nicht mehr selbstverständlich, dass die Leute sich um ihre Nachbarn noch kümmern. Das war früher anders, da half man sich noch im Kiez. Es ist eine Schande, dass heute alles so anonym ist. Die meisten merken es ja nicht mal, wenn ihre Nachbarin tot in der Wohnung liegt.« Meine Nachbarin liegt aber noch nicht tot in der Wohnung, gab ich zu bedenken, sie ist nur wild entschlossen, diesen Zustand baldestmöglich zu erreichen, weshalb ich sehr dankbar wäre, wenn er nun alles Nötige einleiten würde. »Es ist gut, dass Sie so besorgt sind«, sprach der freundliche ältere Herr mir Trost und Mut zu, »das ist ja auch gar nicht so leicht zu verarbeiten, wenn man Zeuge von einem Selbstmord wird.« Noch ist es ja nicht zu einem Selbstmord gekommen, mahnte ich noch einmal eindringlich, und er solle doch jetzt allmählich mal was unternehmen, damit es dabei auch bitteschön bliebe. Der freundliche ältere Herr klang sehr traurig, als er mir sagte: »Da können wir leider gar nichts machen. Wir sind nicht zuständig. Da müssten Sie den ärztlichen Notdienst verständigen.« Ich traute meinen Ohren nicht: »Das kann doch nicht wahr sein!«, brüllte ich zornig. »Möchten Sie darüber reden?«, fragte er zuvorkommend. Ich legte auf. Medizinischer Notdienst. Scheiße! Ich sah kurz nach Gladys, nahm ihr das Messer aus der Hand, mit dem sie verzweifelt auf ihrem Unterarm herumschabte. Mit dem Ding würde sie zwar nicht mal ein Brötchen aufschneiden können, aber trotzdem legte ich es lieber zur Seite. Dann blätterte ich nach dem Medizinischen Notdienst.

Machen wir's kurz: Die freundliche Dame dort erklärte

sich für nicht zuständig, ich solle die Feuerwehr anrufen. Auf meine etwas nachdrücklichere Nachfrage bot sie mir immerhin freundlich an, dass sie mich auch anzeigen könne, wegen Beleidigung. Ich verzichtete dankend und legte auf. Immerhin, bei der Feuerwehr musste ich nicht erst im Telefonbuch suchen. 112 – keine Warteschleife, kein langes Tuten, jemand ging ran, und Tränen der Erleichterung schossen mir in die Augen, als die Person nur kurz die Adresse aufnahm und versprach, dass sofort ein Wagen käme.

Zehn Minuten später klingelte es, zwei Rettungssanitäter kamen zu uns hoch, hörten sich kurz meine Schilderung des Falles an, dann baten sie mich, draußen zu warten, während sie zu Gladys reingingen. Inzwischen war es vier Uhr morgens, ich sehnte mich nach meinem Bett. Die Erleichterung, dass Rettung da war, führte dazu, dass mich schlagartig eine große Müdigkeit überfiel. Ich überlegte, ob ich überhaupt warten müsse, kam dabei aber nicht sehr weit, weil die beiden Sanitäter wieder auf den Flur traten. Leider ohne Gladys. »Und?«, fragte ich. »Da können wir nichts machen«, sagte der eine, »sie weigert sich, ins Krankenhaus mitzukommen.« Ich starrte die beiden mit weit aufgerissenen Augen an: »Ja, und jetzt? Was passiert jetzt?« Der Sanitäter sah mich an, als hätte ich sie nicht mehr alle. »Wie, und jetzt? Jetzt fahren wir zurück, was sonst. Wäre schön, wenn Sie uns das nächste Mal nicht grundlos rufen würden.« »Grundlos?«, ich brüllte fast, »sie hat versucht, sich umzubringen!« »Wenn Sie mehr Erfolg hat, können Sie uns ja wieder anrufen«, sagte der Sanitäter, dann stapften sie die Treppe runter. Ich war zu erschöpft, um noch etwas zu erwidern.

Ich ging zu Gladys. Die stand inzwischen wieder im Badezimmer. Guck, da hätte ich ihr ja gar keine Verlängerungsschnur leihen müssen. Sie hatte ja selbst eine. Ich stöpselte den Fön wieder aus, half ihr beim Anziehen und drückte ihr 100 Mark in die Hand. Die Aussicht auf Stoff ließ sie ungeahnte Kräfte entwickeln, sie umarmte mich kurz, dann verschwand sie erstaunlich sicheren Schrittes Richtung Bahnhof Zoo. »Ich geb es dir morgen zurück, versprochen!«, rief sie mir noch von unten hoch.

Ich sah sie nie wieder. Gut einen Monat später tauchte ein Typ auf, der ein Schild mit der Aufschrift »Zuhälter« nicht benötigt hätte, denn er sah ohnehin genauso aus. Ich begrüße es ja, wenn die Dinge auch mal so sind, wie sie scheinen.

Als ich nach Hause kam, beobachtete ich, wie er dabei war, die Wohnung auszuräumen. Rund eine Stunde später klingelte es bei mir. Er stand vor der Tür, in seiner Hand das kleine Aquarium mit den Neons. »Hier, das ist für dich«, sagte er freundlich, »von Gladys. Hat gesagt, sie schuldet dir noch was.« »Was ist denn mit ihr«, fragte ich vorsichtig. »Ist letzte Woche im Virchow gestorben«, antwortete er.

Ich nahm ihm das Aquarium ab und stellte es auf die Anrichte unseres Flures. Ratlos schaute ich auf die hin und her schwimmenden Neons. Etwas Fischfutter hatte ich von der Urlaubsvertretung ja noch.

Ouzo

Ich habe nie viel von Hochprozentigem gehalten. Schon Wein macht mich unangenehm effektiv betrunken. Das kann unter Umständen sehr praktisch sein. Wenn es etwa darum geht, eine Familienfeier zu überstehen. Da kann man es sich nicht erlauben, Zeit zu verschwenden. Da gilt es, einen hinreichenden Alkoholspiegel zu erreichen, ehe Tante Gertrud beginnt, ihre selbstverfassten Gedichte auf den Jubilar zum Vortrag zu bringen.

Und auch sonst verlangen einem ähnlich gelagerte Treffen mit den deutlich älteren Herrschaften aus meiner Heimat, alle eher ländlich und alle eher westfälisch geprägt, alles ab, denn es gilt unbedingt, einen gewissen Vorsprung in Sachen Promille zu erreichen. Wenn man schwächelt und zurückfällt, wird es furchtbar. Die Mitteilungen über die allgemeine politische Situation, das weitgehende Versagen oder verlotterte Leben der gerade nicht in Hörweite sitzenden Anverwandten, und zu späterer Stunde: der Ausdruck von Humor und Lebensfreude, der sich im ungebremsten Aufsagen von Witzen aller Art zeigt, die irgendwann ausschließlich ins stramm Sexuelle lappen, das alles kann man unbeschadet nur überstehen, wenn man immer mindestens 0,5 Promille Vorsprung vor dem Gesprächspartner hat, wobei: Gesprächspartner trifft es nur sehr bedingt, denn zu einer Partnerschaft, so wünscht man es sich ja zumindest, gehört ja doch eine gewisse Aufteilung der Lasten, die Last des Zuhörens liegt aber ganz bei mir, während aus Onkel Alfons irgendwelche schlüpfrigen Knaller sprudeln, obwohl ich es mir beim besten Willen nicht vorstellen kann und vor allem aber auch: nicht im geringsten vorstellen will, dass jemals etwas anderes als die Missionarsstellung bei der Zeugung seiner immerhin vier Kinder zum Einsatz kam. Gern gieße ich mir auch noch schnell einen weiteren Rotwein ein, ehe das Gespräch auf den Euro zu kommen droht, denn Gespräche über den Euro erfordern fast zwangsläufig die Volltrunkenheit, fast schon egal, mit wem man darüber spricht, anders erträgt man den ganzen Quatsch vom Teuro und den faulen Griechen und der guten alten D-Mark auf gar keinen Fall. Wie Angela Merkel das wohl alles aushält? Ihr wird es da ja kaum besser gehen als mir. Wenn ich derart betrunken bin und Onkel Alfons noch einen drauflegt und das Gerede von den ganzen Politikern anstimmt, die uns ja doch alle nur nach Strich und Faden ausnehmen und alles in die eigene Tasche stecken und zu diesem Zweck die EU und den Euro und Brüssel erfunden haben, dann merke ich manchmal, wie ein zartes, warmes Gefühl in mir hochkriecht. Keine Frage: Nach sechs Gläsern Rotwein bin ich manchmal ein bisschen verliebt in die Kanzlerin. Ich schenke mir noch mal ein.

Der Einsatz allerdings ist hoch, denn ich weiß, wie der folgende Tag – nun ja, »verläuft« trifft es nicht wirklich. »Zerrinnt« schon eher, wobei selbst »rinnen« noch den vollkommen falschen Eindruck eines Bewegungsablaufs vermittelt. An solchen Tagen aber bewegt sich gar nichts. Und man muss sich Onkel Alfons schon mit aller Macht zurück ins Gedächtnis rufen, um diesen Zustand erdulden zu können.

Deswegen halte ich mich in aller Regel an Bier. Das ist eine Droge, deren Dosierung ich sicher beherrsche und bei der man vor unangenehmen Überraschungen relativ sicher ist.

Ein Grundsatz, den ich spätestens nach jener Nacht in den frühen Neunzigern sehr verinnerlicht habe. Ich weiß nicht mehr, wer diese Ouzo-Flasche plötzlich auf den Tisch gestellt hat, ich glaube, Thorsten hatte sie dabei, als Gastgeschenk. Erst recht weiß ich nicht mehr, warum ich nicht einfach wie üblich abgewunken und mich aufs Bier beschränkt habe. Aber die Stimmung war gut, es waren alte Freunde aus Münster zu Besuch bei uns in Berlin, es galt zu feiern, also Prost! Außerdem: Christiane war dabei, jene Christiane, an der ich mal sehr interessiert war, die aber leider ihrerseits sehr an Stefan, meinem Mitbewohner, interessiert war, der wiederum allerdings, hier endet dann der klassische Dreiecksplot, nicht an mir interessiert war, sondern an Sonja, die aber gar nicht dabei war in dieser Nacht. Der Abend hatte also auch eine emotional nicht ganz ausgegorene Komponente, und klar, noch einen Ouzo, zum Wohl! Und einen noch, natürlich, einer geht noch rein, Salud! Und komm, die Flasche muss ja auch leer werden, Prost!

Ich könnte jetzt in leicht gehässiger Freude darauf verweisen, dass nicht ich es war, der sich auf dieses alberne Trinkspiel eingelassen hat, das dann immerhin doch wenigstens nicht. Dementsprechend war es auch nicht ich, der nach Verlust desselben nackt auf dem Tisch tanzen musste. Das war einer von Stefans Lieblingssprüchen, neben dem eher zielorientierten Schlachtruf »Saufen!« fügte er manchmal, wenn er sehr gut gelaunt war, noch an: »Bis einer nackt auf dem Tisch tanzt.« Thorsten fand es jedenfalls wahnsinnig lustig, diese über Jahre versprochene Ankündigung nun endlich einmal verwirklicht zu sehen, und Stefan hatte genug Ouzo intus, die Sache durchzuziehen. Über die Länge eines Liedes. *Eines* Liedes? Über die Länge von *J'etaime*. Zu *J'etaime* nackt auf dem Tisch tanzen. Thorsten und Gerd grölten, ich kicherte, Christiane saß mit offenem Mund und gequälten Lächeln dazwischen und konnte ihren Blick nicht lösen vom eher unelegant auf unserem kleinen Fliesen-Wohnzimmertisch herumtorkelnden Stefan, der ja wegen des Trinkspiels noch etwas mehr Ouzo intus hatte als wir und der sich aber bestens dabei zu amüsieren schien, wie er ungelenk laszive Hüftbewegungen versuchte und uns also seine Scham fröhlich entgegenreckte, was ganz offenbar auf Christiane eine eher anästhesierende Wirkung hatte, wie hypnotisiert starrte sie auf das Zentrum ihres Begehrens, das sich nun vielleicht 80 cm vor ihrer Nase befand und unter den schwankenden Tanzschritten meines Freundes eher unmotiviert von rechts nach links schlenkerte. Christiane konnte ihren Blick nicht davon lösen und ich konnte meinen Blick nicht von ihrem Gesicht dabei lösen und ich spürte, wie mir bei dem anfänglichen Spaß offenkundig ganz entgangen war, dass irgendjemand mir ein Messer in die Brust gerammt hatte und es nun lustig ein bisschen hin und her drehte, mein Herz, Christianes Gesicht, Stefans Schwanz ... Und im nächsten Moment geriet er auf dem Tisch ins Straucheln, und zu einem besonders lasziven Stöhner von der CD plumpste er direkt auf uns, aber Betrunkene fallen ja immer weich, heißt es, in diesem Fall jedenfalls stimmte es, denn wir konnten ihn gerade noch ab- und auffangen, ich seinen Oberkörper, während Christiane ihn nun direkt an den Hüften hielt, sein Becken direkt vor ihrem Gesicht, das Gesicht mit dem weit offen stehenden Mund, den sie jetzt nur ein bisschen nach vorne hätte bewegen müssen, um ganz bei ihrem Ziel zu sein, und sehr offensichtlich musste sie ziemlich mit sich kämpfen, es nicht einfach zu machen. Thorsten und Gerd kugelten sich vor Lachen und nach dem ersten Schreck Stefan auch, und dann passierte es: »Darauf noch einen Ouzo!«, rief er, »aber die Flasche ist alle«, rief Thorsten, »aber ich habe noch eine!«, rief Stefan, entschwand kurz in sein Zimmer und kam mit triumphierendem Grinsen wieder daraus hervor. Immer noch nackt knallte er eine volle Flasche vor uns auf die Tischplatte, und jetzt musste mich niemand mehr überreden, jetzt floss das Zeug einfach so runter. Schmeckte erstaunlich gut, wie ich verwundert zur Kenntnis nahm, vor allem, wenn mein Blick auf Christia-

ne traf, die sich nun, nachdem Stefan sich wieder angezogen hatte, offensiv an ihn heranmachte. Ich war froh,
wenn ich mal kurz aufs Klo konnte, eine kleine Pause
nur, und als ich wieder zurückkam, da saßen sie schon
nebeneinander, und noch einen Ouzo! Allmählich wurden
die Konturen unschärfer, aber es reichte ja doch noch, um
zu sehen, wie ihre Hand ihm über den Rücken und über
die Beine strich. »Einer geht noch!«, und ich war froh,
dass dann ich ging, die Nierenflut hatte längst eingesetzt,
wenn man nach reichlichem Bierkonsum einmal damit
anfängt, aufs Klo zu gehen, dann bleibt man ja praktisch
dabei, und als ich wiederkam oder nach dem nächsten
Mal, wer weiß, da knutschten sie schon. Ganz genau
konnte ich es nicht mehr erkennen, es war mir auch egal,
völlig egal, ha!, das war alles lange her schließlich, ist
doch schön, wenn sie Spaß haben, noch einen Ouzo!, und
etwa ab da verlieren sich die Erinnerungen in einem un-
durchdringlichen Nebel, der sich nur noch schlaglichtar-
tig einmal zu späterer Stunde verzog.

Als ich nämlich dringend aufs Klo musste, und aus irgendeinem Grund ging die Tür nicht auf. Ich musste,
verdammt, ich musste wirklich dringend, ich klopfte vor
die Tür. Nichts tat sich. »Los schon, komm da raus, ich
muss!«, brüllte ich, wer auch immer da drin sein mochte,
ich hatte den Überblick längst verloren. Aber was zum
Teufel machte er da, das kann doch nicht so lange dau-
ern, verzweifelt pochte ich gegen die Tür. Aber sie ging
einfach nicht auf. Nicht einpullern!, schoss es mir durch
den Kopf, bloß nicht einpullern, die Schmach wirst du nie
wieder los, was sollte ich tun? Ach, scheißegal. Diese
kleinen schießschartenähnlichen Fenster in vielen Berliner Mietshäusern, die fand ich ja immer schon seltsam,
aber jetzt offenbarte sich mir plötzlich ihr tieferer Sinn.
In der richtigen Höhe und leicht zu öffnen. Niemand
schien etwas mitzukriegen. Was für ein glückliches Gefühl, als der Strahl sich auf seinen Weg in den Innenhof
machte! Wozu wohnt man denn schließlich im Wedding,

da muss man sich auch mal anpassen an die Gepflogenheiten im Viertel! Was für ein heiliger Moment von geradezu ergreifender Euphorie und Erlösung.

Zumindest, bis ich die Hände, die an meiner Schulter ruckelten, nicht mehr ignorieren konnte. »Was machst du denn da, Alter?«, hörte ich durch den Nebel, der sich noch einmal einem Theatervorhang gleich lichtete und den Blick auf die Bühne freigab, darauf: die besorgten bis belustigten Gesichter von Stefan, Gerd, Christiane und Thorsten, der Schraubenzieher in Stefans Hand, mit dem er offenbar das Badezimmer-Türschloss geöffnet hatte. Das Badezimmer-Türschloss? Ich sah ihn verständnislos an, aber noch ehe ich eine Frage stellen konnte, fragte er: »Wieso hast du dich denn im Bad eingeschlossen?« »Und wieso pinkelst du dann durchs Fenster und nicht ins Klo?«, hörte ich Gerd glucksen, und ich sah sie noch immer verständnislos an. »Wir dachten schon, es ist was passiert, so wie du von innen gegen die Tür getrommelt und rumgeschrien und nicht aufgemacht hast. Da haben wir halt den Schraubenzieher geholt, um die Tür aufzukriegen, und dann wurde es plötzlich so still ...« Stille! Ich sehnte mich nach Stille! Stefan und Christiane stützen mich, führten mich in mein Zimmer, eher teilnahmslos nahm ich zur Kenntnis, wie Christiane half, mir die Hose auszuziehen, dann war der gnädige Nebel wieder da, Christiane und Gerd verschwanden gemeinsam in ihm.

Leider erfüllte sich meine Hoffnung, er würde sich über den gesamten Abend legen, keineswegs. Immerhin fehlen mir die Bilder, wie ich mich offenbar noch mehrfach übergeben musste in der Nacht, das haben mir die anderen sehr glaubwürdig versichert. Mein Gedächtnis kann sich zum Glück an nichts mehr erinnern. Wohl aber mein Magen. Denn bis heute befällt mich ein spontaner, tief dringender Würgereiz, wenn ich den Geruch von Ouzo wahrnehme. Ob Liebe tatsächlich durch den Magen geht, weiß ich nicht. Die Erinnerung aber, die geht da nicht hindurch, die wohnt dort, das weiß ich heute ganz sicher.

Malaysische Massage

»Komm doch einfach mit«, sagte ein Bekannter. Die Semesterferien standen an, ich hatte Zeit und noch etwas Geld, einen Flug konnte ich problemlos ergattern, und so traf ich nur vier Tage später in Kuala Lumpur ein. Dort traf ich meine beiden Begleiter. Die schlugen für den Begrüßungsabend vor, nach einem guten malaysischen Essen in einen Massagesalon zu gehen, um als Einstimmung in den Urlaub gleich mal so richtig zu entspannen. Da ich ja sozusagen nur der Gast bei dieser Reisegruppe war, enthielt ich mich der Meinungsäußerung.

Komisch, dachte ich, als wir den Salon schließlich betraten, sieht so aus wie in einem chinesischen Restaurant bei uns. Ein sehr smarter Asiate erkundigte sich nach unseren Wünschen, und mein Unwohlsein stieg beträchtlich, als meine Begleiter sagten: »no sex today«. Sie mussten das bemerkt haben und beruhigten mich: »Keine Angst, das ist hier halt so. Der Umgang damit ist in Asien viel entspannter als bei uns. Aber wir nehmen nur eine Massage, ganz harmlos.« In meinem Kopf aber bumperte das böse Wort: Sextourist.

Anschließend wurden wir in Separees geführt. Mein Gott, vor 24 Stunden war ich noch ein braver Student in Deutschland, und kaum betrete ich zum ersten Mal im Leben asiatischen Boden, liege ich gleich in einem *Separee* eines *Massagesalons,* in dem man ausdrücklich *no sex* bestellen muss.

Der Raum war klein, in extrem schummeriges, selbstredend rötliches Licht getaucht, die Wände und Decken waren mit rotem Stoff verhüllt, dazwischen befand sich alles Mögliche an Drachen- und sonstigem Fernostgedöns. An dem einen Ende des Raums stand eine weiß bezogene Liege, an dem anderen ein Stuhl. Ich zögerte kurz, dann beschloss ich, mich erst mal auf den Stuhl zu setzen und zu warten.

Bald darauf kam eine sehr kleine, sehr gut aussehende, in einen weißen Bademantel gehüllte Asiatin in den Raum. Sie war offenkundig erstaunt, dass ich einfach so herumsaß: »Why do you sit there?« Mir fiel auf Anhieb keine plausible Erklärung ein.

»Put off your clothes and lay down«, befahl sie, durchaus charmant. Gut, das war jetzt natürlich keine große Überraschung, obwohl ich nicht die geringste Lust hatte, mich vor einer völlig fremden Frau in einer mir völlig unbekannten Situation zu entkleiden, aber aus der Nummer kam ich wohl ohne Weiteres nicht wieder raus, also zog ich zögerlich Hose, Schuhe und Socken aus. In Unterhose und Shirt gekleidet stand ich vor ihr und blickte sie ratlos an. »More!«, forderte sie. Widerwillig zog ich auch das Shirt aus. Immerhin konnte ich aufatmen, da sie nun offenkundig zufrieden war. Sie dirigierte mich auf die Liege, wies mich an, mich auf den Bauch zu legen, und begann, mit ihren filigranen Händchen zwischen meinen Schultern herumzukneten. Ich war wahrscheinlich noch nie im Leben so verspannt wie in diesem Moment. »Relax!«, sagte sie denn auch mit ruhiger Stimme, während in meinem Kopf wieder das böse Wort auftauchte.

Die ganze Prozedur nahm ihren Lauf: Sie übergoss mich mit irgendwelchen Ölen, setzte sich auf mich, jetzt spürte ich auch noch ihre nackte Haut – hatte sie unter ihrem Bademantel überhaupt irgendwas an? Ich hoffte, alles möge möglichst schnell vorbei sein. Zu meiner völligen Überraschung kletterte sie schließlich auf mich und lief mit kleinen, stampfenden Schritten auf meiner Wirbelsäule auf und ab. Das ist also eine Massage? Man lässt auf sich herumtrampeln? Ist ja doch eine andere Kultur, dachte ich.

»Turn around«, befahl sie schließlich. Oh nein. Auch das noch. Sie knetete und rieb und zupfte zunächst eine Weile weiter, und fast wäre ich in Trance verfallen, hätte sie sich nicht unverkennbar allmählich von allen Seiten an meine Unterhose herangetastet. Plötzlich langte sie hin, zog sie mir aus, ließ ihren Stoffgürtel zu Boden gleiten, ihr Bademantel öffnete sich – aha, das hätten wir dann auch geklärt: Sie hatte also nichts darunter an.

Ich war sehr erschrocken, die Reise war lang gewesen und das Essen fremd. Das alles überforderte meinen Darm, lange würde ich ihn nicht mehr unter Kontrolle halten können, ich musste dringend mal aufs Klo. Meine Geschlechtsteile dagegen funktionierten noch ganz störungsfrei.

»Oh, it's big«, sagte sie. Billiger Trick, dachte ich, verfluchte die so simpel gestrickte männliche Biologie, starrte sie mit angstgeweiteten Augen an, hatte keine Ahnung, was ich tun sollte, musste dringend auf's Klo – Sextourist.

»I can shake it for you«, bot sie höflich an. Nur für den Fall, dass ich sie nicht verstanden hatte, demonstrierte sie schon mal ein bisschen, was sie meinte. Mit meiner bisherigen Strategie würde ich jetzt nicht mehr weiterkommen. »Oh no, thank you«, sagte ich also.

»Oh, you don't like it?«

»Äh, no ...« – sie shakte ein bisschen entschlossener, lächelte mich an dabei und überführte mich damit der Lüge – »äh, yes, schon, but, ähm, not today.«

»Oh, it's just five dollars!« Das schien mir zwar ein günstiges Angebot zu sein, aber ich wollte ja eher grundsätzlich nicht.

»Oh no, thank you.«

»But you like it!«, sagte sie und deutete auf die unverkennbare Beweislage.

»Äh, no, not today, please ...«

»You have a girl-friend with you?«
»No.«
»You have a girl-friend at home? She will never know...«
»Äh, no.«
»Okay, but why you don't want me to shake anymore?«

Weil ich sie für eine unterdrückte, ausgebeutete Person hielt? Weil ich käuflichen Sex, zumal für westliche Touristen, in einem dann doch eben nur Schwellenland nicht unterstützen wollte? Sie dagegen schien solche Bedenken nicht zu haben und machte entschlossen weiter.

Ich versuchte einen letzten Ausweg: »I pay you five dollars, but please ... don't shake any more.«

Jetzt war sie ernsthaft entrüstet: »You just have to pay for what you get!«, sagte sie mit bestimmter Stimme. Und shakte spürbar entschlossener weiter. Jetzt musste bald was passieren, sonst würde ich die Kontrolle verlieren, und dann ... oh Gott. Sextourist. Und dann noch die Sache mit dem Darm!

»No, please!«
»You don't like me?«
»Quatsch, äh, of course I like you ...«
»You don't like Asian women? You're a racist!«
»No, of course I like Asian women ...«

Sie strahlte mich an, als hätte sie plötzlich verstanden: »You want me to blow!«

Es war aussichtslos. Ich gab auf.

»Okay, I have to go to the toilet immediately, please, and after that you can shake it.«

»You have to go to toilet first?« Sie sah mich abschätzig an.

»Please, it's urgent.«

Endlich ließ sie von mir ab, ich kleidete mich hastig notdürftig an, ließ mir den Weg zur Toilette zeigen, und spürte bald darauf eine große Erleichterung. Vielleicht war alles doch gar nicht so schlimm. Und was war schon dabei? Ihr schien es ja nichts auszumachen, und wenn doch die asiatische Kultur so ganz anders und viel freizügiger war ... Ich zitterte vorfreudig, als ich zurück in das Zimmer kam. Doch sie war weg.

Ich wartete einige Minuten, aber sie ließ sich nicht mehr blicken. Ich schaute vorsichtig aus dem Zimmer, doch da saßen nur meine beiden Reisebegleiter, fertig gekleidet, und raunzten mich an: »Da bist du ja endlich! Was hast du denn so lange gemacht? Doch ein bisschen die asiatischen Frauen genossen?« Sextourist.

Frustriert, beschämt und geknickt zog ich mich an, zahlte die No-Sex-Massagegebühr am Tresen und schlurfte meinen Mitreisenden hinterher. Wochenlang noch sollte ich nachts, wenn ich allein im Bett lag, an diese Situation zurückdenken – und mich schwarz ärgern.

Freundverlust

Es ist eine große Ungerechtigkeit: Da hat man gute
Freunde, kennt sie jahrelang, hat mit ihnen gesoffen und
gelacht, Weltschmerz geteilt und Weltherrschaftsstrate-
gien ausgearbeitet, kurzum – man ist sich sehr nah, und
dann kommen sie mit einer Freundin an, die so bescheuert ist, dass einem die Spucke wegbleibt. Was ist das für
ein Phänomen? Was soll das? Ich bin ratlos.

Sie hieß Chantal. Dafür kann sie ja nichts. Aber ihre
Eltern. Mit denen müsste man mal ein Wörtchen reden.
Wegen des Namens. Vor allem aber wegen der Tochter.
Damals, vor 25 Jahren, da hätte man ja noch was machen
können. Nun ist es zu spät. Nun ist Chantal da, ausge-
wachsen, geschlechtsreif. Und Jörg ist ganz darauf ange-
sprungen. Der ist nämlich auch geschlechtsreif, um nicht
zu sagen, geschlechtsüberreif. Aber selbst desparate Le-
benslagen können nicht alles entschuldigen. Wir hatten
doch bisher unsere Umwelt auch einigermaßen ähnlich
wahrgenommen. Hatten gemeinsame Freunde. Fanden
ähnliche Filme gut. Gingen auf dieselben Konzerte. Zumindest in der Grundrichtung gab es doch so etwas wie
Konsens. Chantal aber ist nicht mal in der Grundrichtung
konsensfähig. Chantal ist wie eine biblische Plage, die in
Jörgs Leben eingefallen ist und damit auch in das von
mir, Dirk, Bernhard und den anderen Kumpels.

Ratlos sitzen wir Hinterbliebenen nachts in einer unserer Lieblingskneipen. Selbstverständlich ist Jörg nicht mit
dabei. Früher hat er sich keinen dieser Abende entgehen
lassen. Jetzt muss er immer noch was machen, muss

morgen früh raus. Das geht schon seit Wochen so. Bernhard spricht die traurige Wahrheit aus: »Ich fürchte, wir werden uns mit dieser Chantal irgendwie arrangieren müssen, wenn wir Jörg nochmal wiedersehen wollen.« Missmutig nicken wir und bestellen noch eine Runde.

Aus lauter alter Freundschaft waren wir bereit, bis an die Grenze der Selbstverleugnung zu gehen. Wir nahmen Chantal mit zur Lesebühne »Mittwochsfazit«, damit sie mal sehen konnte, wie das so ist, was wir gut fanden. Sie wollte aber gar nicht sehen, was wir gut fanden. Sie wollte vor allem auch uns nicht sehen. Da saß sie dann die ganze Zeit mit einer Miene, die ihr eine führende Rolle in der »Passion Christi« garantiert hätte. Jeder ihrer Gesichtszüge bildete eine in Fleisch gemeißelte Anklage gegen Jörg und uns: gegen uns, dass wir derart niveaulos waren, dieses abgeschmackte Umfeld, mit rauchenden Menschen im Publikum und auf der Bühne, einige tranken sogar Bier. Gegen Jörg, dass er sich mit Leuten wie uns abgibt. Ihr dämmerte wohl, dass sie noch einiges an Arbeit vor sich hatte. Sie lachte nicht, nur einmal reagierte sie, als Horst Evers seinen Text »Drogen jenseits des Mainstreams« vortrug, der davon handelt, wie Leute süchtig danach werden, dass der Bus endlich kommt, weil das nach der langen Wartezeit ein solches Glücksgefühl auslöse. Da brauste sie richtig auf: »Ich habe mal mit Drogenkranken gearbeitet. So kann man mit diesem Thema nicht umgehen!« Sie stand auf und ging. Jörg murmelte uns irgendwas zu und lief ihr eilig hinterher, wir sahen uns fassungslos an.

Später räumten wir ihr unnötigerweise eine weitere Chance ein und luden sie zum Spieleabend. Eine Extended Version der »Siedler von Catan«, die 15 Runden und etwa drei Stunden dauert. Nach 10 Runden und zwei Stunden zeichneten sich die möglichen Sieger klar ab – Chantal zählte nicht dazu. »Das ist ja langweilig, außerdem bin ich müde«, sagte sie plötzlich, »lasst uns auf 12 Runden abkürzen.« Wir versuchten ihr etwas von dem noch offenen Schlussrennen zu vermitteln, vom Spieler-Ehrenkodex, aber sie sagte nur: »Ich kann auch jetzt aufstehen, dann ist es eben sofort vorbei.« Als Jörg davon absah, sie körperlich zu züchtigen und sich auf der Stelle von ihr zu trennen, wie es seine Aufgabe gewesen wäre, ahnten wir, dass hier nichts mehr zu machen sein würde. Dabei hatten wir geglaubt, Jörg zu kennen. Was trieb ihn bloß? Was fand er an dieser Person? »Vermutlich ist sie einfach unfassbar gut im Bett«, murmelte Dirk, aber wir sahen ihn nur entsetzt an. »Ich kann's mir ja auch nicht vorstellen ...«, murmelte er entschuldigend.

Was sollten wir tun? Würden wir ihm sagen, was wir von Chantal hielten, wäre er mit Sicherheit zutiefst beleidigt und wir hätten ihn als Freund verloren. So allerdings hatten wir ihn auch als Freund verloren, denn niemand mochte mehr etwas unternehmen, wenn die Gefahr bestand, dass sie dabei sein könnte, und Jörg unternahm nichts mehr, ohne dass sie dabei war.

Ich hatte schon resigniert, als die erlösende Nachricht in Form eines wild schluchzenden Jörgs auf dem Anrufbeantworter war, als ich nachts nach Hause kam; er sei in unserer alten Stammkneipe, ich könne ja noch dorthin kommen, wenn ich wollte. Es war 1 Uhr nachts, aber ich fuhr sofort noch einmal los. Auch Bernhard und Dirk waren noch eingetroffen. Sie hatte sich getrennt von ihm, er war ein einziges Häufchen Elend. Bernhard versuchte sich im Trösten: »Das ... das ... das ist aber sehr, äh, sehr traurig«, stotterte er und versuchte, sein breites Grinsen nicht allzu deutlich zu zeigen. »Es ist endgültig vorbei!«, heulte Jörg auf, »Ja!«, entfuhr es Dirk triumphierend. »Ich werde sie nie wieder sehen!«, jaulte er. »Ach!«, jubelte ich. Später dann, nachdem er sich den ersten Schmerz von der Seele gejammert hatte, begannen wir mit vorsichtiger Kritik. Dass sie sooo toll ja vielleicht auch gar nicht gewesen sei, deuteten wir vorsichtig an. »Meint Ihr wirklich?«, flüsterte er, und der Ton verriet, dass er bereit war für mehr. »Ja, nicht sooo toll, also eigentlich, vielleicht gar nicht toll.« »Findet Ihr? Na ja, vielleicht ...« »Um die Wahrheit zu sagen: Sie war die Pest, die Krätze, sie war eitriger Ausfluss, sie war ...« So ging das die ganze Nacht. Volltrunken, glücklich und wiedervereint torkelten wir schließlich zu viert in der Morgendämmerung nach Hause.

Drei Wochen später erschien Jörg nicht zu einem gemeinsamen Kneipentreffen. Er sagte per SMS ab, als wir schon das zweite Bier hatten. Er sei mit Chantal verabredet und könne daher nicht kommen. Wir müssten verstehen, sie hätten sich frisch wieder versöhnt. Wir gaben auf. Es wurde ein trauriger Abend.

Das Nächste, was wir von Jörg und Chantal hörten, war die Einladung zu ihrer Hochzeit. Da hatte Jörg uns vermutlich in einer sentimentalen Aufwallung als »Freunde von früher«, die ja bei jeder Hochzeit einen wenig beliebten, unheilvollen Block bilden, durchgesetzt. Und wir sind hingegangen, haben gratuliert und dem Paar alles Gute gewünscht. Ich fürchte, diese Gesellschaft ist schon im Kern auf Lügen gebaut.

Geburtstag

Geburtstag! Ich habe Geburtstag! Mein Ehrentag! Das erfahre ich, als ich am Abend nach Hause komme und den Briefkasten öffne. Ein Hotel aus Hanau gratuliert mir. Mit einer richtigen Glückwunschkarte. Von vier Mitarbeitern handschriftlich unterschrieben. Ich bin verwundert. Ich kenne niemand in Hanau. Erst recht kein Hotel. Ach, halt, doch – vor fünf Jahren war da eine Tagung. Da habe ich in einem Hotel übernachtet.

Aus dem Osten sind die ganzen Frauen in den Westen abgehauen, weil sie da keine Perspektive mehr für sich gesehen haben. Das wurde allseits bejammert. Warum eigentlich? Wo ist das Problem, wenn sich da ganze Landstriche entvölkern? Wenn da demnächst nur noch Wölfe leben, ist das doch ein echter Fortschritt für alle. In Hanau aber hauen die Frauen nicht ab. Sie sind zu schwach dazu, zu deprimiert, zu fatalistisch. Wohin sollten sie auch? Hanau ist ja schon im Westen.

Seither jedenfalls war ich nie wieder in der Stadt, und ich bin sehr froh darüber. Offenbar hat es sich in den letzten fünf Jahren nicht zum Guten gewendet in Hanau, sonst müsste das Hotel am Ort nicht desperate Glückwunschschreiben an Leute verschicken, die dort zufällig mal vor einem halben Jahrzehnt eine Nacht abgestiegen sind. Dieses Glückwunschschreiben ist offenkundig ein Dokument der Verzweiflung.

Außerdem ist noch ein Brief von »Hardy's Videothek« im Kasten, wo ich mir Videos ausgeliehen hatte, als es noch Videokassetten gab. »Hallo Herr Werning«, steht dort, »zu Ihrem Ehrentag möchten wir Ihnen hiermit nur herzlichst alles erdenklich Gute wünschen!! Wir hoffen, dass Sie diesen Abend im Kreise vieler guter Freunde (feucht/fröhlich!!!???) verbringen, haben jedoch auch eine tolle Alternative!!« Eine tolle Alternative zu einem feucht-fröhlichen Abend mit Freunden ist schließlich immer – sich einen Film aus der Videothek zu leihen. Auch dieses Schreiben macht mich traurig.

Einerseits. Aber andererseits – hey, guck mal, wenigstens die Videos habe ich überlebt, denke ich, das ist doch schon was. Ich glaube, ich war so um die zehn Jahre alt, als Videorekorder aufkamen. Eine große technische Revolution. Man konnte damit das Fernsehprogramm aufzeichnen und sich so praktisch unabhängig machen vom Programmablauf der drei Sender, man konnte also eine Sendung einfach so aufnehmen, mit einer sogenannten Timerfunktion, dann während der Ausstrahlung etwas ganz anderes machen, z.B. sich feucht-fröhlich mit Freunden treffen, und dann zu einem günstigen Zeitpunkt trotzdem die Sendung sehen. Verrückt! Meine Eltern hielten nichts von solchen Neuerungen. Sie schienen ihnen nur einen weiteren Verfall der Sitten und Werte zu bringen. Die Jugend wird verwahrlosen, weil sie sich nun an gar keine Ordnung mehr halten muss. Ich glaube, der Gedanke, die Tagesschau nicht um 20 Uhr sehen zu müssen, machte ihnen Angst. Rein theoretisch hätten sie jetzt ja bis, sagen wir, 20.30 Uhr bei den Nachbarn bleiben können, und dann nach dem Heimkommen trotzdem die Tagesschau sehen können. Oder, noch wagemutiger: Sie hätten, wenn es sich denn so ergäbe, den ganzen Sonntagabend bei irgendwem bleiben können und dann, sagen wir, am Montag den Tatort auf Video anschauen können. Einfach so. Meine Eltern aber wollten die Tagesschau nicht um 20.30 Uhr gucken. Und erst recht nicht den Tatort am Montag. Wo kämen wir denn da hin? Wenn sich alle Strukturen auflösten? Wenn nichts mehr Bestand hätte? Sollten sie dann womöglich am Freitag auch nicht

Derrick gucken? Und Kulenkampff demnächst am Mittwoch, oder wie? Ein Videorekorder, soviel war klar, ein Videorekorder war ein Gerät aus der Hölle, dazu erschaffen, Chaos und Anarchie in die letzten Trutzburgen eines geordneten Lebens zu bringen. Wahrscheinlich eine Erfindung des KGB, um den Westen mit seinen eigenen Waffen zu schlagen.

Die Sowjetunion gibt es längst nicht mehr, und Videorekorder sind auch schon wieder von der Bildfläche verschwunden. Aber ich bin noch da. Und habe Geburtstag. Genau wie die Diddlmaus. Die hat am selben Tag Geburtstag wie ich. Da haben wir also was gemeinsam, die Diddlmaus und ich. Was für ein irrer Zufall! Mir wird ganz warm ums Herz.

Das Telefon klingelt. Bestimmt will mir noch jemand gratulieren. Ich war ja auch den ganzen Tag nicht da. Ich hebe ab. »Herzlichen Glückwunsch zum Geburtstag!«, dringt es tatsächlich aus dem Hörer. Eine Computerstimme. Sie teilt mir mit, dass sie mir für das kommende Lebensjahr viel Glück und Erfolg wünsche, Erfolg vor allem, und da könne sie mir gleich mal ein bisschen auf die Sprünge helfen, sicher suchte ich doch eine Möglichkeit, ganz unkompliziert viel Geld zu verdienen, und deshalb bräuchte ich nur die folgende Nummer anzurufen, und schon könne man mir einen Platz in einem hochmotivierten Callcenter-Team versprechen, das nur auf mich und mein Engagement warte, in einem hellen, geräumigen Großraumbüro, und dass dies die Chance sei, meinem Leben eine entscheidende Wendung zum Guten zu geben.

Vielleicht, so überlege ich, wäre eine Wendung nicht das Schlechteste, was meinem Leben geschehen könnte, wenn mir nur noch verzweifelte Hoteliers und Computer zum Geburtstag gratulieren und mein ehemaliger Videoverleiher meint, »Die drei ???« zu schauen, sei das angemessene Programm für eine Feier für mich.

Aber, ach was, Geburtstag – was hat das schon zu sagen. Älter wird man ja jeden Tag. Symbolischer Unsinn einer auf alberne Anlässe fixierten Gesellschaft. Für einen aufgeklärten Menschen nichts, womit man sich befassen müsste.

Ich setze mich an den Computer. Eine Mail der Bahn. Sie gratuliert mir: »Sehr geehrter Herr Werning, zu Ihrem Geburtstag wünschen wir Ihnen alles Gute. Lassen Sie sich heute gebührend feiern und reich beschenken! Natürlich haben wir auch an Sie gedacht und schenken Ihnen 50 bahn.bonus-Extrapunkte.« Ich bin gerührt. 50 bahn.bonus-Extrapunkte! Das bin ich der Bahn wert! 50 bahn.bonus-Extrapunkte. Schon für 500 bahn.bonus-Punkte könnte ich im Bordbistro eines ICE meiner Wahl einen Genussgutschein im Wert von 5 Euro erhalten! Man könnte also sagen, die Bahn schenkt mir – einfach so zum Geburtstag! – eine Fünftel-Tasse Kaffee in ihrem Bordbistro! Das heißt, wenn ich noch 20 Cent drauf lege. Ich bin glücklich. Nun bin ich also stolzer Besitzer eines Anrechts auf ca. 35 ml frisch gebrühten Bordbistrokaffees, aber das ist noch längst nicht alles: »Das ist aber noch längst nicht alles: Hier wartet noch eine kleine Überraschung auf Sie.« Vor dem »hier« ist ein kleines Pfeilchen, ein Link, was mag sich dahinter verbergen? Ich klicke den Pfeil an und folge der Bahn in das weltweite Netz, das sie im Gegensatz zu seinem Pendant bei der Berliner S-Bahn hoffentlich einigermaßen im Griff hat, und ... ein niedliches kleines Mädchen steht auf einer grünen Wiese, im Hintergrund rauscht ein animierter ICE über den Bildschirm. Das Mädchen hält einen roten Luftballon in der Hand. Süß. Ich lese: »Für Ihren Geburtstag haben wir uns diesmal etwas ganz Besonderes einfallen lassen: das Luftballonspiel. Pumpen Sie einfach den roten Ballon auf, und mit ein bisschen Glück können Sie sich auf unserer Bestenliste verewigen.« Das ich das noch erleben darf! Ich muss nicht in Hanau leben, ich habe die Videokassette kommen und gehen sehen, die Diddlmaus werde ich auch noch schaffen, und nun darf ich mich womöglich auf der Bahn-Bestenliste der zehn größten Geburtstagsballonpumper verewigen.

Als ich die Tränen der Rührung aus den Augen gewischt habe, kann ich weiterlesen: »Um Ihren Geburtstagsballon aufzupumpen, klicken Sie einfach mit der Maus auf die Luftpumpe.« Mit der Diddl-Maus? Ach was, weiter: »Über die anschließenden Mausbewegungen blasen Sie den Ballon auf. Sie haben 30 Sekunden Zeit, so viel Luft wie möglich in den Luftballon zu pumpen. Nach Ablauf der Zeit entschwebt der Ballon in den virtuellen Himmel und Ihr erreichter Punktestand wird angezeigt. Sollten Sie zu den 10 größten Ballonpumpern gehören, haben Sie die Highscore geknackt und können sich in die Bestenliste eintragen.« Ich klicke auf den Los!-Button. Ist das spannend! Ich pumpe wie ein Besessener, ich pumpe und pumpe, noch 10 Sekunden, ich kann die Maus kaum halten mit meinen schweißnassen Fingern, 4, 3, 2, 1 – da entschwebt mein roter Ballon in den virtuellen Himmel. Das ist blanke Poesie. 4,3 m groß ist er, wird mir mitgeteilt, aber dennoch: »Sie haben es leider nicht in die Highscore geschafft!« Ich versuche es noch ein paarmal, aber immer dasselbe Ergebnis: »Sie haben es leider nicht in die Highscore geschafft!« Na ja, man muss den Hals auch mal voll bekommen können.

Neugierig klicke ich auf die Liste, um zu schauen, wie groß die Ballons der 10 besten Ballonpumper denn so geworden sind. »Die besten Platzierungen im Überblick«, steht über der Seite, darunter eine Liste mit 10 leeren Zeilen. Keinerlei Einträge. Das Ergebnis ist ebenso eindeutig wie ernüchternd. Niemand hat es in »die Highscore« geschafft. Kein Kunde kann den Anforderungen der Bahn genügen. Wir sind einfach nicht gut genug. Eine kleine Lektion in Sachen Demut zu meinem Ehrentag. Danke, liebe Bahn. Und mir bleiben ja schließlich die 50 bahn.bonus-Sonderpunkte.

Spät in der Nacht klingelt es an der Tür. Ich öffne. Davor stehen Hardy von »Hardy's Videoverleih«, die Diddlmaus und ein Mädchen mit einem roten Luftballon. Hardy hat eine Drei-???-DVD in der Hand, die Diddlmaus überreicht mir freudestrahlend einen Pappbecher mit einer kleinen Kaffeepfütze darin. Wir setzen uns gemeinsam aufs Sofa und schauen uns den Film an. Nächstes Jahr, so beschließen wir, fahren wir alle vier zusammen mit der Bahn nach Hanau.

Griff ins Klo

Er war einer von diesen coolen Typen. Am Rande meines Freundeskreises, aber schwer vermeidbar. Er experimentierte mit Drogen, als wir uns noch kaum an Bier trauten. Er kam mit Videofilmen, die ich nicht verstand und furchtbar langweilig fand, aber die ich trotzdem immer mitguckte, um mir keine Blöße zu geben, während er dozierte, warum diese Kameraeinstellung besonders revolutionär sei oder wieso es wahnsinnig komisch war, dass der Privatdetektiv nach wiederholter Beischlafobservation in sein Notizbuch schrieb: »Pfeift beim Ficken La Paloma.« Alle kugelten sich über diesen Spitzenwitz und zogen an ihren Joints, und ich wusste nicht, was das sollte, und starrte angestrengt auf den Fernseher, um vielleicht doch noch was zu kapieren. Natürlich hatte er auch Mädchen. Er war ein interessanter Künstlertyp. Und er lieferte sich sinnlose Redeschlachten mit mir, die er schließlich abbrach mit der Bemerkung: »Weißt du, was dein Problem ist, Heiko? Ich geh gleich ficken, und du nicht.« Das wirklich Ärgerliche daran war: Jasmin lag bekifft neben uns auf einer Matratze, guckte leicht verwirrt auf, lächelte ihn entrückt an, und dann gingen sie ficken und ich nicht.

Ich war nicht sehr betrübt, als unser Kontakt mit dem Abitur und meinem Weggang nach Berlin abbrach. Und nicht sonderlich begeistert, als er sich nun Jahre später bei mir meldete; er wollte bei mir übernachten, da er eine Aufnahmeprüfung als Konzertpianist an der HdK hatte. Aber wir kamen schließlich aus demselben Stall.

Er absolvierte seine Prüfung, man würde ihn in ein paar Tagen informieren, und nun wollte er abends noch was erleben. Und kannte in der Stadt nur mich. Das war natürlich ein kaum lösbarer Widerspruch.

Wir könnten ein Bier trinken gehen, schlug ich vor, ich hoffte dringend, er würde nicht in eine Disco wollen oder ähnlich Furchtbares. »Gut, wir gehen ins Klo!«, bestimmte er daraufhin. »Wohin?«, staunte ich. Er hatte davon gehört, eine Kneipe in Kudamm-Nähe, die sei total abgefahren, da wollte er hin. Das sei außerdem eine Reptilienkneipe, das sei doch was für mich. Ich war skeptisch, aber die Adresse des Ladens in der Uhlandstraße war schnell ermittelt.

Man hätte schon umdrehen sollen, als man die Terrarien sah, in denen ein massiv rachitischer Grüner Leguan sein trauriges Dasein unter einem Rotlichtstrahler fristete und eine Boa constrictor mit von Milben hochgestellten Schuppen hilflos zusammengeknäult auf dem Boden herumlag – ein klarer Fall für den Tierschutzbeauftragten.

Ein klarer Fall für den Menschenbeauftragten wäre dagegen der Typ in einem langen Mantel gewesen, der wohl so was wie den Türsteher gab und zur Begrüßung den Stoff seines Kleidungsstücks teilte, um einen großen erigierten Plastikpenis zu präsentieren, wozu er sich halb scheckig lachte. Aber Dirk war nicht mehr zu bremsen. »Los, komm, wir gucken uns das jetzt an, du musst mal aufhören mit deinem intellektuellen Scheiß immer, wir amüsieren uns jetzt ein bisschen.« Das Amüsement bestand im Weiteren darin, dass das Bier aus Enten serviert wurde, also diesen Krankenhaus-Urinflaschen, die man nachts ans Bett gehängt bekommt, wenn man nicht aufstehen darf. Dazu drangen regelmäßig lautstarke Würge- und Kotzgeräusche aus den Lautsprechern. Dazwischen blitzte und donnerte es, und irgendwas fiel irgendwo runter, im Zweifelsfall irgendwelche Kamasutra-Figuren oder Dildos. Es war, zusammengefasst, ein Grauen. Ich wollte da raus. Aber ich konnte nicht. Zu tief saßen die Demütigungen der Schuljahre, in denen Dirk mich als spaßfernen Langweiler vorgeführt hatte, also erduldete ich es. Erduldete die lustigen Schilder, die überall herumhingen. Zum Beispiel eines mit einer blonden Frau und der Aufschrift: »Wer trinkt, fährt besser als ich nüchtern« und der Unterzeile: »Jahr für Jahr verunglücken junge Frauen, weil sie kein Auto fahren können«, so was halt. Eine Orgie des schlechten Geschmacks, die offenbar besonders von Touristen goutiert wurde, jedenfalls füllte der Laden sich schnell, und schließlich fragten vier junge Norwegerinnen, ob sie sich zu uns an den Tisch setzen könnten. Dirk war begeistert, gleich wurde neues Bier bestellt, diesmal aus dem Nachttopf – das zentrale Thema war schnell gefunden, wer verträgt mehr, Norweger oder Deutsche. Das immerhin versprach, die unwürdige Situation vergessen zu machen. Es blieb nicht bei dem einen Nachttopf, aus dem Lautsprecher kotzte es lustig dazu. Ein gemütlicher Abend in einem Klo eben.

Wir waren sehr schnell sehr betrunken, anders ging es nicht. So betrunken, dass eine der Norwegerinnen bei der nächsten Würgeperformance aus den Lautsprechern nicht mehr an sich halten konnte und sich gurgelnd in den Nachttopf übergab. Da war allerdings Schluss mit lustig, der Typ mit dem Plastikpimmel tauchte sofort bei uns am Tisch auf, präsentierte die Rechnung und schmiss uns raus.

Zwei der Norwegerinnen mussten ihre desolate Freundin stützten und verabschiedeten sich, die vierte, Kaja, wollte noch was unternehmen, also waren wir wahrscheinlich noch irgendwo was trinken, ich weiß es auch nicht mehr so genau, schließlich jedenfalls gingen wir zu mir, kauften bei Aral noch etwas Bier und setzten uns in mein Zimmer. Ich lümmelte mich auf mein Bett – und schlief umstandslos ein.

Ich weiß nicht, für wie lange. Als ich wach wurde, war ich zunächst eher desorientiert. Das Licht brannte, alles war sehr verschwommen, in meinem Kopf bumperte es, ich hörte Geräusche, die ich nicht recht zuordnen konnte. Dann plötzlich wurde alles sehr klar: Kaja und Dirk waren auf der Besuchermatratze am Boden, sie war nackt, saß auf Dirk, bewegte sich rhythmisch auf und ab und ächzte leicht dabei. Inwieweit Dirk an dem Geschehen beteiligt war, ließ sich nicht sicher sagen. Er bewegte sich überhaupt nicht, war auch noch weitgehend angezogen, nur die Hose war im entscheidenden Bereich nach unten gezogen, seine Augen waren zu, jetzt röchelte er kurz, aber war er wach? Kaja wippte schneller, ächzte etwas mehr, dann warf sie den Kopf in den Nacken und sackte über Dirk zusammen. Ich war fassungslos. Ich war ganz offensichtlich gerade Zeuge des Abschlusses eines Geschlechtsaktes geworden, in meinem eigenen Zimmer, auf meiner Matratze, direkt vor meiner Nase, und ich hatte es weitgehend verschlafen. Ich war angewidert von dem würdelosen Schauspiel und im selben Moment restlos aufgegeilt. Kaja löste sich von dem reglosen Körper Dirks, setzte sich neben ihn und zündete sich eine Zigarette an. Ich lag weiter auf meinem Bett, versuchte, bloß nicht aufzufallen, und konnte meine Augen doch nicht schließen, konnte den Blick nicht lösen von der nackten Frau, die ihre Zigarette nun ausdrückte – und mehr wollte. »Los, komm!«, zischte sie zu Dirk, der nur benommen grunzte. Mit einer Mischung aus Entsetzen und Erregung beobachtete ich, wie sie sich an Dirk zu schaffen machte. Sie nahm sein noch feucht-glänzendes, schrumpeliges Ding in die Hand, streichelte es, nahm es in den Mund – nichts passierte. »Komm schon«, zischte sie erneut, nun etwas ungeduldiger mit dem schlaffen Teil spielend, sie schüttelte es kräftig hin und her, es wirkte in ihren Händen wie diese wackelpuddingartigen Geleestangen, mit denen kleine Kinder so gerne spielen, sie ließ es in alle Richtungen schnappen und schnellen und schnippsen, dann walgte sie es mit beiden Händen, als würde sie einen Sauerteig zubereiten, sie knetete und knaufte und knurrte, allein: Es blieb schlaff, schlaff wie ein seit Wochen herumliegender Luftballon kurz vor seinem unwiederbringlichen Ende. »Komm«, befahl sie erneut, aber Dirk war durch, der kam garantiert nicht mehr. Sie knetete weiter zunehmend unwirsch Dirks Schritt durch, schüttelte ihn, wie ein Hund einen Spielzeughasen totzuschütteln trachtet. Was für ein würdeloses Schauspiel. »Das wird doch nichts mehr«, versuchte ich, ihr das Offenkundige nahezubringen. Sie schreckte auf, ließ das verkrumpelte Geschlechtsteil zurückschnipsen wie ein sprödes Gummi, raffte ihre Sachen zusammen und verließ fluchtartig das Zimmer und, wie das Knallen der Tür unzweifelhaft anzeigte, kurz darauf die Wohnung. Ich drehte mich um und schlief wieder ein.

Als ich erneut wach wurde, brannte das Licht immer noch, aber von draußen durchdrangen Sonnenstrahlen das Zimmer. Von Kaja fehlte jede Spur. Dirk lag immer noch mit heruntergezogener Hose auf der Matratze. Was für ein furchtbarer Anblick. »Hey, wach auf«, knurrte ich. Er schreckte hoch, hielt sich den Kopf und starrte auf seine Blöße. »Oh Gott«, flüsterte er, »oh Gott, habe ich etwa ...« »Na ja, du hast eigentlich eher nicht so viel gemacht. Aber sie hat mit dir noch einiges gemacht. Und das sah nicht gut aus. Gar nicht gut.« Erschrocken starrte er mich an. »Das, das wollte ich nicht ... ich erinnere mich nicht ... etwa ohne Kondom?« Er sprang auf und fing an zu suchen, offenbar hoffte er, ein benutztes Kondom zu finden, aber da konnte ich ihm guten Gewissens sagen, dass er sich nicht anzustrengen brauche, ich hatte ja schließlich alles gesehen. »Oh Gott ...«, flüsterte er bleich und stürzte aus dem Zimmer ins Bad. Er wollte nicht mal mehr zum Frühstück bleiben.

Ich habe nie wieder von ihm gehört. Den Studienplatz habe er nicht bekommen, berichtete ein Bekannter später, er sei heute Barpianist in Hamburg. Zu unseren Klassentreffen ist er nie erschienen.

Romantik

Vielleicht war ich einfach ein bisschen sehr romantisch veranlagt damals. Jedenfalls lief das so: Ich war restlos verliebt in Sarah. Ich hätte mir alles, wirklich alles mit ihr vorstellen können. Mit einer Ausnahme: darüber zu reden, dass ich in sie verliebt war. Sie würde es schon merken mit der Zeit und sich zurückverlieben. Davon war ich fest überzeugt.

Wir verbrachten viele Abende zusammen, und unsere Beziehung wurde immer inniger, einzig: Sie wurde keine Beziehung. Nur Geduld, ermahnte ich mich selbst, nur Geduld. Sie würde es schon merken. Es würde ihr ohnehin nicht viel anderes übrig bleiben, als mich zu nehmen, denn nach und nach machte ich mich unentbehrlich in ihrem Leben und wurde immer raumgreifender. Kaum ein Wochenende verging, an dem wir nichts zusammen unternahmen, kaum ein Tag ohne ausführliches Telefonat. Im Grunde waren wir eigentlich längst zusammen, verglichen mit dem, was ich bei Freunden so beobachtete. Wir verbrachten mehr Zeit miteinander als die meisten Paare, und wir kamen offenkundig auch besser miteinander aus. Wahrscheinlich war sie schon lange in mich verliebt, und sie merkt es nur noch nicht, dachte ich.

So ging das monatelang, ohne dass die Situation sich in irgendeiner Weise änderte. Ein vollständiges Patt. Ich wurde immer unglücklicher. Klar, wir hatten eine wunderbare Zeit zusammen, das wollte ich keinesfalls aufs Spiel setzen. Ich hatte Angst davor, dass sie auf Abstand gehen würde, wenn ich es ihr sagte. Das wollte ich auf keinen Fall. Ich fand sie ja gut, weil sie an sich eine wunderbare Person war, das war schließlich ganz unabhängig von ihrer Haltung zu mir. Und niemals würde ich riskieren, diese Freundschaft wegen so etwas Profanem wie, sagen wir, dem Wunsch nach Sex aufs Spiel zu setzen. Wie gesagt, vielleicht war ich einfach ein bisschen sehr romantisch veranlagt damals. Wenn ich es heute recht überlege: Vielleicht war ich auch ein ziemlicher Depp damals.

Aber dann kam dieser Abend. Bei ihr. Spät. Kerzen. Die richtige Musik. Draußen Frost. Drinnen Kohleofen. Nicht wirklich warm. Decke. Kuschlig. Wir berührten uns. Also: weil wir so eng beieinander saßen. Vielleicht hätte ich aus den zufälligen Berührungen gezielte machen müssen. Aber bloß nichts kaputtmachen durch voreiliges Agieren! Würde ich nicht den ganzen Abend entweihen und unter den Generalverdacht des billigen Kalküls stellen, würde ich jetzt eindeutige Absichten zeigen? Müsste sie sich nicht fragen, ob ich nicht die ganze Zeit nur mit ihr vögeln wollte, wie all die anderen Typen auch? Nein, so jemand wollte ich nicht sein. Ach was, Romantik. Ich war ein Volltrottel.

»Willst du nicht hier bleiben heute?«, fragte sie plötzlich. Mein Herz pochte. Allerdings! Aber was jetzt? Müsste ich irgendwas tun? Bloß nichts überstürzen, ermahnte ich mich erneut, am Ende empfindet sie es als Vertrauensbruch, wenn ich mich jetzt einfach an sie heranmache. Es würde sich schon ergeben. Sie würde mir schon ein Signal geben, wenn sie so weit wäre. »Dann lass uns mal ins Bett gehen«, sagte sie. Wir war das denn jetzt gemeint?

Gut, sie zog sich aus. Aber was hatte ich erwartet? Das macht man schließlich, wenn man ins Bett geht. Sie zog sich aus, bis auf die Unterwäsche. Ich tat es ihr vorsichtig nach, war allerdings sehr darauf bedacht, mich ihr nicht im falschen Winkel zu zeigen, denn natürlich hätte sie meine eigentliche Intention nun sehr leicht erkennen können. Sie bestieg ihr Hochbett und legte sich hinein, ich stand ratlos davor. Ich nahm allen Mut zusammen und fragte: »Wo soll ich schlafen?« Sie lachte überrascht auf: »Na, hier oben natürlich, hier ist doch das Bett.« Tja, da hatte sie natürlich Recht. Da war ja das Bett. Das hätte ich eigentlich auch selbst bemerken können. War ja nur eine Einzimmerwohnung. Schnell schlüpfte ich zu ihr hinein. Und lag nun also neben ihr. Und jetzt? Irgendwas tun? Oder würde alles von allein gehen? Ich war unglaublich aufgeregt, wähnte mich fast am Ziel, nach all den quälenden Monaten. Jetzt nur auf den letzten Metern nichts mehr falsch machen. Sorgfältig achtete ich darauf, jede Lage zu verhindern, die sie unweigerlich auf meinen physiologischen Zustand aufmerksam gemacht hätte. Nicht, dass ich den grundsätzlich vor ihr geheim halten wollte, im Gegenteil, aber eben alles zu seiner Zeit, sie sollte ja auf keinen Fall denken, dass ich nur mit ihr ins Bett gekommen bin, um – mit ihr ins Bett zu kommen.

Ich lag also starr da und versuchte ängstlich, Abstand zu halten. Längere Zeit passierte nichts. Schließlich wisperte sie: »Na dann: gute Nacht!« Sie drehte sich auf die Seite. »Gute Nacht«, erwiderte ich überrascht. Was war das denn jetzt? Eine Art Vorspiel? Erotik findet ja bekanntlich vor allem im Kopf statt. Wollte sie die Spannung steigern? Das wäre allerdings zumindest von meiner Seite aus völlig unnötig gewesen. Und bei ihr schien es auch nicht recht zu klappen, denn ihre ruhigen Atemzüge klangen eher ... verdammt, sie schlief. Ich lag da im emotionalen Ausnahmezustand, die Liebe meines Lebens im Bett direkt neben mir – und sie war einfach eingeschlafen. In meinem Kopf drehte sich alles. So lag ich starr da, machte kein Auge zu und konnte auch sonst nichts machen. Es wurde eine schreckliche Nacht.

Und es blieb nicht die einzige. Nachdem nun also auch offiziell zusammen schlafen ohne zusammen zu schlafen zu unserem Freundschaftsrepertoire gehörte, hielten wir es fortan immer so. Und jedes Mal dachte ich: Vielleicht wird's ja heute Nacht endlich was. Sie muss doch auch was merken. Oder wenigstens: Sie muss doch auch mal Lust haben, auch mal Triebe spüren.

Mit dieser Annahme lag ich letztlich richtig. Ausgerechnet ein Typ von einer Werbeagentur. Ich war entsetzt. Der neue Mann in ihrem Leben, von dem sie mir eines Abends, während wir uns am Ofen zusammengekuschelt hatten, freudig erzählte, traf mich wie ein Schlag in die Magengrube.

Sie rief noch hin und wieder an, im Wesentlichen aber, um sich zu entschuldigen, dass sie sich nicht mit mir treffen könne, weil sie mit ihrem neuen Freund an die Ostsee fahre. Oder in den Harz. Oder gottweißwohin. Bald darauf verließ sie die Stadt ganz, zusammen mit ihm.

Was mir aus dieser furchtbaren Zeit blieb: eine tiefe Kenntnis des Schaffens von Tom Waits; überraschenderweise tatsächlich trotzdem so etwas wie eine Freundschaft; und ein quälendes Gefühl des Unerreichbaren. Ich glaube, wenn wir wenigstens mal Sex gehabt hätten, und sei es ein einziges Mal, dann wäre es leichter gewesen, greifbarer, entmystifiziert. Ich trug lange daran.

Viele Jahre später besuchte ich sie in Wien. Spät am Abend fragte ich es dann doch. Ob sie damals eigentlich gewusst habe, dass ich in sie verliebt war? Geahnt habe sie es wohl, aber nicht wahrhaben wollen. Sie war halt nicht verliebt in mich, aber es wäre so schön mit mir gewesen, so vertraut, so freundschaftlich.

Das hatte ich mir schon gedacht. Doch das war nicht alles. Ich musste es jetzt wissen. Ob sie denn in all diesen Nächten, die wir gemeinsam verbracht hätten, nie Lust gehabt hätte, einfach so mal Sex zu haben? Doch, schon, sagte sie, sehr sogar, immer wieder. Aber ich hätte mir ja nie was anmerken lassen. Da habe sie sich einfach nicht getraut, sie hätte eben nichts kaputt machen wollen. Verdammt. Romantik – was für ein hirnloser Scheiß.

»Schlaf mit mir. Jetzt, sofort«, antwortete ich. Sie sah mich verblüfft an. »Keine Sorge«, beruhigte ich sie, »es ist schon lange vorbei. Ich will's einfach nur wenigstens mal getan haben. Vielleicht ... vielleicht verändert es irgendwas.«

Sie zögerte kurz, aber dann schliefen wir zusammen, diesmal mit Zusammenschlafen. Ich sag mal so: es war ganz okay.

Aber nichts hat sich verändert. Wien sah am nächsten Morgen genauso aus wie zuvor, Berlin dann am Abend ebenfalls.

»Es ist selten zu früh und nie zu spät«, hat der große Philosoph Alf, dieses zottelige Wesen aus dem Weltraum, einst gesagt. Damit lag er aber mal wirklich so was von daneben.

Erkältet

Hüstel, hüstel. Au weh, es ist nicht länger zu leugnen. Ich bin krank. Sehr krank. Hust, hust.

Die Nase beginnt zu laufen. Schnell ein Taschentuch, wo stecken die denn? Kein Taschentuch. Schnell noch raus, zur Tanke, welche kaufen? Ist zu kalt draußen. Werde dann noch kranker. Nase läuft weiter. Tropft regelrecht. Der Pullover ist nicht mehr zu retten. Hole trotzdem Klopapier aus dem Bad und einen neuen Pullover. Der alte ist nass, vom Naselaufen. Dann friere ich und werde noch kranker. Friere auch im neuen Pullover. Lag wohl doch nicht nur an der Nässe. Die Nase läuft weiter. Bin ununterbrochen am Schniefen. Habe Hunger, sollte was essen. Im Gedärm grummelt es aber auch ganz seltsam. Wahrscheinlich all diese Hals- und Schnupf- und Hustentabletten und -tropfen und -brausen. Gehe aufs Klo. Immerhin kein Durchfall. Gut. Aber kein Klopapier da. Schlecht. Alles verschnieft. Nase läuft weiter, sitze unabgewischt auf dem Klo. Reinige mich auf die asiatische Methode. Bin aber Europäer. Fühle mich immer noch schmutzig. Nase läuft weiter, versuche, den Schnott hochzuziehen. Ich friere. Muss irgendwas machen. Ein heißes Bad wäre genau das richtige! Ich lasse das Wasser einlaufen und suche dieses Erkältungs-Kräuter-Bad, das meine Mitbewohnerin immer nimmt, weil sie meint, das halte die Haut straff. Statt Gurkenmaske. Die Mitbewohnerin ist seit einem halben Jahr in der Schweiz, aber irgendwo muss es doch sein, das Erkältungs-Kräuter-Bad. Finde seltsame Dinge in ihrem Badezimmerschrank, sogar eine verschrumpelte Gurke. Brauche ich nicht. Werde wütend. Mein Gott, jeden Scheiß lässt sie einfach hier rumliegen, und ausgerechnet das Erkältungsbad nimmt sie mit! Rausgehen und neues kaufen kann ich auf keinen Fall. Hat die Tanke wahrscheinlich gar nicht. Die Nase läuft, ich habe weder Taschentücher noch Klopapier, ich fühle mich schmutzig und mich friert. Draußen ist es noch kälter. Na ja, immerhin kein Hunger mehr. Bin satt vom Schnotthochziehen. Die Wanne ist voll. Sieht komisch aus, so ohne irgendwas drin. Mag mich da so nicht reinlegen. Muss Erkältungsbad rein oder anderer Badezusatz. Schaue noch mal in das klare Wasser. Nee, geht so nicht. Hilft nicht gegen Erkältung. Gehe in die Küche und hole Kamillentee. Hänge alle Beutel in die Wanne. Na also, riecht jetzt wenigstens gesund und sieht auch nicht mehr so durchsichtig aus. Steige in die Wanne. Liege dort eine Weile. Bekomme Durst. Zögere kurz, dann nehme ich ein Schlückchen Kamillentee. Schmeckt nicht. Vielleicht, weil ich kein Asiate bin. Steige aus der Wanne. Mir ist kalt. Trockne mich ab. Haare sind nass. Wo ist der Fön? Hat meine Mitbewohnerin den etwa auch...? Tatsächlich. Fön in der Schweiz. Warum nicht all diese Socken? Bin sauer. Friere noch stärker. Muss etwas Heißes trinken. Gehe in die Küche und setze Wasser auf. Wasser kocht. Gehe zum Schrank. Verdammt, kein Tee mehr da. Morgen früh muss ich erst mal richtig einkaufen. Gehe zur Badewanne und hole die Beutel aus dem Abfluss. Muss man eben nochmal aufbrühen. Wollte eh sparsamer leben. Lasse extra lange ziehen. Schmeckt trotzdem scheiße. Außerdem wird mir schlecht. Habe mich überfressen am Schnott. Friere. Nase läuft. Schluss, aus, das reicht für heute. Gehe zurück ins Bett. Bin erkältet. Hust, hust.

Ein Idiot mehr

»I'm just another bitch for just another night«, stand auf ihrem Shirt, das sie, bei näherer Betrachtung, eher zwei als eine Nummer zu eng gewählt hatte und das es einem dadurch erlaubte, recht genau abzuschätzen, dass das aufgedruckte Versprechen ein durchaus verlockendes war.

Umso erfreulicher erschien es mir, dass sie mich fragte, ob ich noch etwas zu trinken wolle. Eine angenehme Wendung dieser Party-Nacht, mit der ich fast schon abgeschlossen hatte, eher aus einem sinnlosen Pflichtgefühl heraus war ich überhaupt so lange geblieben, weil ich es mir selbst nicht erlauben wollte, vor zwei Uhr nach Hause zu gehen, ich kann das nicht. Eine Party ist eine Party, und da geht man nicht vor zwei nach Hause, egal, wie sehr man sich langweilt. Aber nun brachte sie mir ein Bier mit und alle Langeweile war verflogen.

»I'm just another bitch for just another night«, stand auf ihrem Shirt, und ich glaube, ich habe diese Art Humor nie wirklich verstanden. Wenn es denn überhaupt Humor ist. Ich meine: Was möchte die Trägerin dem Betrachter sagen? Vermutlich kaum, dass sie sich tatsächlich leichtfertig für eine Nacht hergibt. Okay, vielleicht ist es nur ein Zitat aus irgendeinem Popsong, vielleicht steht auf der Rückseite der Name der Band, und womöglich kennt jeder, der einigermaßen up to date ist, das Lied, aber ich jedenfalls hatte davon noch nie gehört.

»I'm just another bitch for just another night«, stand auf ihrem Shirt, und während wir zunehmend angeregt plauderten, musste ich ständig darüber nachdenken, warum das da stand. Sie wird es ja absichtlich ausgewählt haben, schon beim Kauf, erst recht beim Anziehen für diese Party, sie wird es cool finden oder lustig oder politisch, aber ich verstand es einfach nicht. Blöderweise konnte ich sich nicht einfach fragen, das Risiko war unkalkulierbar, denn damit würde ich – so oder so – auf die mögliche Entwicklung des Abends eingehen, ich meine: immerhin saßen wir nachts um eins auf einer Party, offensichtlich beide allein, zumindest hier und heute Nacht, offensichtlich mit Gefallen aneinander, offensichtlich immerhin mit der Möglichkeit auf eine Fortsetzung, da wäre es eher plump, das durch die Fragen, die ihr Shirt aufwarf, voreilig zu thematisieren.

»I'm just another bitch for just another night«, stand auf ihrem Shirt, wahrscheinlich soll das irgendwie ironisch damit spielen, dass ein männlicher Betrachter dessen, was sich unter der Aufschrift überdeutlich abzeichnete, eben automatisch genau das von ihr denkt oder mindestens hofft, und wenn es so sein sollte, dann ja, verdammt, dann hatte sie Recht, das hoffte ich inzwischen durchaus, das oder noch mehr, dann hält sie mir den Spiegel vor, ich durchschaue das selbstverständlich, ich verstehe Ironie, und trotzdem, je länger wir da saßen und redeten und tranken, desto größer wurde mein Interesse an dem, was ihr Shirt eher unterstrich als verbarg und was die Aufschrift gleichzeitig in weite Ferne zu rücken schien, denn natürlich bin ich nicht so ein Idiot, der, nur weil er eine attraktive Frau sieht, die sich etwas freizügiger kleidet, gleich denkt, er könnte sie einfach so mit zu sich nehmen, da sagte sie plötzlich: »Gehen wir zu dir?«

»I'm just another bitch for just another night«, stand auf ihrem Shirt, dem Shirt, unter dem nun meine Hände endlich tun konnten, was sie wollten, während wir nebeneinander auf der Matratze in meinem Zimmer saßen und uns küssten.

»I'm just another bitch for just another night«, stand auf ihrem Shirt, das ich nun endgültig nach oben schob und dessen Aufdruck mir inzwischen vollständig egal war, denn die Wahrheit, die liegt ja ohnehin unter der Oberfläche, und sie streckte beide Arme nach oben und ich zog das Shirt darüber, und es wurde nicht just another night, sondern es wurde die Nacht für mich, zumindest seit einer geraumen Zeit, und als es draußen schon wieder dämmerte und wir uns nun aber wirklich erschöpft zum Schlafen legten, da ahnte ich, dass ich verliebt sein könnte und auf jeden Fall bereit war für another night und noch another night und noch another night.

»I'm just another bitch for just another night«, stand auf ihrem Shirt, das sie nun schließlich wieder anzog, und ich fühlte mich sehr beschwingt und glücklich und wollte ein schönes Frühstück bereiten, und sie sagte: »Nimm es bitte nicht persönlich, aber mit einem Mann frühstücken, das ist mir zu intim.« Und ich schaute sie schockiert an und stammelte: »Zu intim?«, aber sie lachte nur und sagte, es sei sehr schön gewesen, aber zusammen frühstücken, das wäre dann eben doch was für was Ernsteres. Eine Nacht, das sei das eine, gemeinsam Frühstücken dagegen, das sei etwas ganz anderes, dazu brauche es schon ein bisschen mehr. Dann sagte sie, ich sei doch hoffentlich nicht verliebt in sie, und ich sagte: »Natürlich nicht!«, und sie wollte nicht die Telefon-Nummern tauschen, und sie sagte dann mal: »Ich gehe dann mal.«

»I'm just another bitch for just another night«, stand auf ihrem Shirt, auf der Vorderseite, und als sie zur Tür hinausging, las ich auf ihrem Rücken: »and you are just another idiot.«

Höflichkeit ist keine Schande

Schon wieder so eine Veranstaltung, wo ständig jemand dazwischen quakt! Meine Güte: Einfach mal Klappe halten, still sitzen und zuhören! Denn: Höflichkeit ist keine Schande. Das nämlich exakt ist es, wenn man sich in eine Veranstaltung setzt, wo jemand etwas vorträgt und andere zuhören, man dann aber meint, sobald einem irgendwas durch die Trägersubstanz von Frisur oder Brille dümpelt, dies unverzüglich seinem Sitznachbarn mitteilen zu müssen: unhöflich! Ja, da guckt ihr, weil dieses Wort in eurem aktiven Wortschatz gar nicht mehr vorkommt, weil ihr das für uncool haltet, für etwas, das ihr an den Sonntagsnachmittagskaffeetafeln der Tanten und Großeltern eurer Kleinstädte und Vororte zurückgelassen und überwunden geglaubt habt, denn jetzt seid ihr ja hier im hippen Berlin, habt euch befreit vom Ballast eurer Kindheit und Jugend, könnt endlich machen, was ihr wollt.

Ich habe keine Ahnung, warum Leute meinen, wenn eine Veranstaltung wenig Eintritt kostet, in einer Kneipe stattfindet, man auf Barhockern oder Bierbänken sitzt, dass man dann jederzeit beliebig vor sich hinplappern kann. Könnt ihr Anstand nur, wenn ihr vorher ordentlich berappt habt? Wenn die Wände weiß getüncht sind und streng hintereinander aufgestellte Stuhlreihen eher an einen Klassenraum gemahnen als an ein angenehmes Umfeld, um etwas Schönem zuzuhören? Kapiert ihr es sonst nicht? Müssen die Vortragenden verängstigt hinter ihrem Tischchen hocken, anämisch ins Mikrofon hauchen und an einem Glas stillem Wasser nippen – natürlich ohne jemals einen ordentlichen Schluck zu nehmen –, damit selbst ihr es versteht, dass man nicht unverzüglich, weil zufällig ein paar Nervenbahnen in eurem Oberstübel mal einen elektrischen Impuls versenden, den Mund aufmachen muss? Es ist nämlich so: Ihr nervt. Ihr nervt diejenigen, die vorne stehen und etwas vortragen, und ihr nervt die anderen, die zuhören wollen. Und dabei spielt es nicht die geringste Rolle, ob ihr betrunken seid, ob ihr sowieso nur dasitzt, weil ihr mitgeschleift worden seid, weil man halt irgendwas machen muss, bevor man ficken gehen kann, oder ob ihr glaubt, die totalen Topchecker zu sein, denen man nicht vortäuschen kann, dass das hier Literatur sei oder Kunst, weil es zu wenig politisch, literarisch oder zu lustig oder was immer ist. Selbst wenn ihr Recht hättet, selbst wenn es so etwas wie Recht überhaupt gäbe bei derartigen Fragen, selbst dann ist es eine auf schwere charakterliche Deformation schließen lassende Einstellung, wenn man meint, diese selbst angenommene intellektuelle Überlegenheit durch irgendwie demonstratives Verhalten zeigen zu müssen. Wenn es euch nicht gefällt, geht einfach raus. Das tut gar nicht weh. Euch nicht, uns erst recht nicht. Aber: Geht leise! Macht keinen Krach! Höflichkeit ist keine Schande.

Und wenn ihr dann noch in die Nacht hinausgeht und Menschen kennen lernt, dann begrüßt sie freundlich. Aber begrabbelt sie nicht immerfort. Ja, ihr seid total entspannt, ihr seid locker, ihr seid jung und gut drauf, das mag alles sein, aber ich will euch trotzdem nicht an meinem Körper kleben haben. Mein Bauch gehört mir! Haltet euch gefälligst fern davon. Gebt die Hand, denn so ist es Brauch, aber schlabbert nicht wie ein sinnlos schwanzwedelnder Köter meine Wangen ab. Denn ihr seid eklig! Ja, ihr findet euch schick, ihr habt euch die neuesten Duftwässer aus dieser total trendigen Kollektion aufgelegt, ihr habt euch die Lippen nachgezogen und die Augenbrauen gezupft, aber ich finde euch eklig. Zumindest, wenn ihr unaufgefordert an mir dran klebt. Bedenkt diese Möglichkeit doch wenigstens mal. Statt immer wie von Sinnen alle zu erknuddeln mit eurer debilen Lockerheit. Wenn man sich dann näher kommt, kann man sich im gegenseitigen Einvernehmen immer noch an jeder Stelle berühren, wo immer man möchte. Aber doch nicht unaufgefordert! Höflichkeit ist keine Schande.

Und das gilt nicht nur für den persönlichen Umgang. Ihr könnt euch ja gegenseitig antwittern oder angruscheln oder ansimsen oder anstupsen wie ihr wollt, aber wenn ihr aus welchen Gründen auch immer heute Nacht von mir, sagen wir, meine E-Mail-Adresse bekommen habt, denn meine Telefonnummer gebe ich euch sowieso nicht, ich bin ja nicht irre, und wenn ihr dann morgen mit mir in Kontakt tretet und mir eine E-Mail schickt, dann schreibt gefälligst eine Grußformel drüber und eine darunter und schreibt dazwischen ganze Sätze. Mit Punkten, mit Kommas, mit Großschreibung, mit allem! Aber vor allem: Lasst diese bekloppten Smileys weg! Wer seine E-Mails mit Smileys versieht, der könnte auch gleich ein deutliches »Ich bin doof!« in den Betreff setzen. Denn entweder ihr seid in der Lage, einen Satz so zu formulieren, dass er als nicht so ernst gemeint auffällt, dann müsst ihr auch keinen Smiley oder keine bekloppten Klammer-Semikolon-Konstruktionen dahinter setzen, weil ihr mir sonst damit signalisiert, dass ihr mich für zu blöd haltet, einen ironischen Satz auch verstehen zu können, oder ihr seid eben nicht in der Lage, einen nicht so ernst gemeinten Satz so zu formulieren, dass man ihn auch als nicht so ernst gemeinten Satz verstehen kann, dann solltet ihr besser keine Sätze schreiben, die nicht so ernst gemeint sind, dann solltet ihr besser ernst gemeinte Sätze schreiben! Ihr müsst gar nicht lustig sein! Es reicht völlig, wenn ich hier lustig bin! Merkt euch einfach: Ein Satz mit einem Smiley hintendran ist niemals lustig. Ein Satz mit einem Smiley hintendran ist wie ein Witz bei dem man hinterher ruft: »War'n Witz!« Was in der Regel vor allem eines bedeutet, nämlich dass es eben kein Witz war, sondern bestenfalls als Witz gemeint war, was aber praktisch das Gegenteil von einem Witz ist, denn das Wesen des Witzes ist es, lustig zu sein, und zwar von sich aus und nicht, weil einem hinterher einer sagt, das sei lustig gewesen. Aber wenn ihr das alles geschafft habt, eine E-Mail ohne Grinsedinger, ohne idiotische Abkürzungen wie »lol«, ohne ganze Passagen in Großbuchstaben zu setzen und ohne verstümmelte Halbsätze, dann, dann könnt ihr immer noch alles falsch machen. Wenn ihr nämlich ein »LG« darunter setzt. LG wie »Liebe Grüße«. Große Güte, erst eine herankriecherische Grußformel wie »liebe Grüße« wählen, eine butterweiche, jedem normalen Umgangston zwischen nicht näher bekannten Erwachsenen spottende Ranschmeißformulierung, und die dann mit »lg« abkürzen, um also im nächsten Moment zu demonstrieren, dass der Empfänger es einem nicht mal wert war, die paar Tasten jetzt auch noch zu drücken: lg. Warum nicht gleich: blg – besonders liebe Grüße. gblg – ganz besonders liebe Grüße. awgblg – aber wirklich ganz besonders liebe Grüße. Darauf kann man eigentlich nur mit einem antworten: Delete.

Schreibt was Ordentliches drunter, dafür gibt es schließlich Formeln, da muss man gar nicht groß drüber nachdenken. Höflichkeit ist keine Schande.

Mit freundlichen Grüßen!

Wie Stein mich noch ein letztes Mal gerettet hat

Das war schon beeindruckend: Das SO 36 war rammel-voll auf der Langen Buchnacht in der Oranienstraße zur Gedenklesung für unseren verstorbenen Freund und Kollegen Michael Stein, mit dem wir seit Jahren jeden Sonntag bei der Reformbühne Heim & Welt aufgetreten waren. Ahne, Daniela Böhle, Falko Hennig, Bong Boel-decke, Klaus Nothnagel und ich lasen unsere Erinnerun-gen an Stein, Klaus Bittermann trug ein paar Briefe von Stein vor. Das war, insgesamt, nicht gerade ein spritziges Showkonzept, sondern eher tatsächlich eine Gedenkle-sung. Verblüffenderweise waren die geschätzten 200 Zuschauer im vorderen Bereich des SO36 ganz Ohr, und die Störgeräusche von der Bar hielten sich in Grenzen.

Auf jeden Fall sind noch einmal viele Menschen zu-sammengekommen, um an Stein zu denken anlässlich der Veröffentlichung des Buches »Ich bin Buddhist und Sie sind eine Illusion«.

Viele Kollegen waren gekommen, darunter auch der geschätzte Musiker Danny Dziuk sowie einer der beiden Teile von Rattelschneck, und so standen wir noch zu-sammen und tranken Bier. Ich hatte sogar schon ziemlich viel Bier getrunken, denn vor der Stein-Lesung hatte es gegenüber bei Feinkost Hillmann die traditionelle Buch-nacht-Lesung der Brauseboys gegeben, kurz und gut: Der Abend war lang, voll und trinkfreundlich gewesen, oder anders: Ich war schon ganz schön betütert.

Als Danny kurz mal austreten war und ich mich in ent-spannt-beduselter Haltung aus dem Rattelschneck-Ge-spräch ausgeklinkt hatte, trat plötzlich ein kahl rasierter Typ, etwa mein Alter, drahtig und grimmig guckend von der Theke auf mich zu, hielt mir seine geballte Faust vor die Nase und sagte irgendetwas. Erstaunt blickte ich ihn an. Er hielt mir die Faust noch etwas näher vor die Nase und sagte wieder etwas, was ich erneut nicht verstand. Es ist laut im SO36 und ich war nicht mehr ganz frisch. Ich versuchte zu orten, ob er mich gezielt ansprechen wollte, oder ob seine Annäherung ungerichtet war, ich also nur zufällig sein anvisierter Kommunikationspartner war, ob er letztlich überhaupt reden oder einfach nur irgendetwas der Welt im Allgemeinen mitteilen wollte, was ja wie-derum samstagnachts um zwei in Kreuzberg auf der Ora-nienstraße nun auch keine allzu große Überraschung wä-re. Ich konnte es nicht verorten und fragte also nach: »Was?«

Eine etwas lautere Äußerung folgte, leider wieder un-verständlich. Ratlos schaute ich auf seine Faust. Hatte er darin etwas umschlossen, was er mir zeigen wollte? So wie mein zweijähriger Sohn manchmal, der dann auch nicht versteht, dass er die Faust schon irgendwann mal öffnen müsste, damit man sieht, was sich darin befindet.

Also setzte ich nochmal nach: »Was? Ich hab dich nicht verstanden.«

»Angst!«, brüllte der Typ nun, »hast du Angst?«

Ich sah ihn überrascht an. »Wieso sollte ich Angst ha-ben?«

Er funkelte mich an, jetzt zuckte seine Faust ein biss-chen. Was hatte er denn da bloß? »Jetzt haste Angst, was!«, brüllte er mir ins Ohr, während die Faust nun praktisch direkt vor meiner Nase kreiste. Ich verstand beim besten Willen nicht, wovon er redete. Erstaunt blickte ich ihn mit großen Augen an und fragte zurück:

»Aber was meinst du denn? Wovor sollte ich Angst ha-ben? Es gibt doch gar keinen Grund, hier vor irgendetwas

Angst zu haben!« Dabei sah ich ihm mit ehrlichem Unverständnis direkt ins Gesicht.

Jetzt changierte sein Gesichtsausdruck zwischen Fassungslosigkeit und ohnmächtiger Wut. Er brüllte mir wieder etwas ins Ohr, ich verstand nur Bruchstücke: »Aufs Maul ... dein erbärmlicher Vortrag ... jetzt haste Angst!... das war jämmerlich.« Dazu kreiste die Faust erneut vor mir herum. Ganz allmählich zog ich die Möglichkeit in Erwägung, dass ich es hier nicht mit einem normalen Besucher der Buchnacht zu tun hatte oder einem Zuhörer unserer Veranstaltung, der nur mal so mit mir reden wollte. Wenn ich betrunken bin, reagiere ich allerdings manchmal ziemlich verlangsamt. Ich konnte die neuen Informationen nicht richtig verarbeiten, daher erwiderte ich wahrheitsgemäß: »Was? Ich hab dich nicht verstanden. Kannst du das noch mal sagen, bitte?«

Jetzt guckte er ganz komisch. Irgendwie – enttäuscht. Entnervt. Dann zischte er plötzlich ein verächtliches »Ach!«, machte eine wegwerfende Handbewegung und verschwand im Gewühl.

Verblüfft blickte ich ihm hinterher und versuchte, mir einen Reim auf die kurze Begegnung zu machen. Und ganz allmählich sickerte es durch – man konnte es drehen und wenden, wie man wollte: Ganz offensichtlich wollte dieser Typ mir was aufs Maul geben. Gut, dass ich diese Möglichkeit während unserer Begegnung gar nicht erst in Betracht gezogen habe. Dann hätte ich Angst gehabt. Aber wenn ich mir die Szene noch mal vergegenwärtige, war es doch recht eindeutig: Der wollte mich hauen. Offenbar wegen meinem Text. Nun war das sicher keine Sternstunde der Vortragskunst, aber so schlecht habe ich dann doch nicht gelesen, dass man deswegen aus ästhetischen Gründen zuschlagen müsste. Also musste die Motivation wohl eher im inhaltlichen Bereich liegen. Besonders kontrovers ist die Geschichte allerdings auch nicht. Jedenfalls habe ich bis dahin noch keine Kritik an ihm gehört. Das heißt – gut, jetzt hatte ich ja Kritik gehört, wahrscheinlich, wenn auch auf etwas unkonventionelle Weise. Was um Himmels Willen war denn das Problem? Gut, ein Ausnahmekünstler wie Stein hat wohl auch viele Geistesgestörte aller Art angezogen, vielleicht hatte es ihm einfach nicht gefallen, dass jemand wie ich, was immer jemanden wie mich in den Augen eines solchen Idioten auch auszeichnen mag, es wagte, etwas zu Stein zu sagen. Oder an seinem tollen Szene-Ort in seinem tollen Szene-Bezirk auch nur aufzulaufen. Es gibt ja eine Reihe Leute hier, deren einzige Qualifikation darin besteht, sich selbst in Kreuzberg interniert zu haben. Da lässt man sich nicht gern in seiner Kernkompetenz von irgendwelchen Typen, die von woanders kommen und anders aussehen, in Frage stellen. Da könnte ja jeder kommen. Wer weiß schon, was denen durch den Kopf rumpelt.

Ich war noch erheblich irritiert, als Danny zurückkehrte und fragte, was los sei. Ich berichtete ihm, und erst jetzt bekam ich dann doch sogar noch etwas weiche Knie. Ich war offenbar nur knapp daran vorbeigeschrammt, was auf die Fresse zu kriegen, und das, wo mir Gewalt doch völlig zuwider sind, besonders, wenn sie gegen mich gerichtet ist. Wieder und wieder ließ ich die Situation vor meinem inneren Auge ablaufen – ganz klar. Gerettet hatte mich offenkundig bloß, dass ich ihn einfach nicht einen Moment lang als Bedrohung wahrgenommen hatte, dass ich einfach vollkommen arglos mit ihm umgegangen war. Es muss bei ihm so etwas wie eine Schlaghemmung ausgelöst haben, dass ich weder verängstigt noch gegenaggressiv reagiert habe. Dass ich ihn praktisch einfach gar nicht als aggressives Element akzeptiert habe. »Ich bin Buddhist und Sie sind eine Illusion« – so hat Stein immer auf Kontrolleure in der U-Bahn reagiert, sie dabei freundlich angelächelt und damit aggressives Potenzial im Keim erstickt. Mensch, Stein. Ich glaube, jetzt habe ich es endgültig begriffen. Ein letztes Dankeschön.

Strick-Performance

So, da war ich nun also, im sagenhaften Neukölln. Während ich dem Schacht des U-Bahnhofs Hermannplatz entstieg, zurrte ich meinen Stahlhelm fester, ruckelte die schusssichere Weste zurecht und lud meine Mauser nach. Man hört ja so vieles, aber ich war gewappnet.

Auf der Rolltreppe vor mir stand ein junges Paar. Es telefonierte miteinander. Also: nicht einer mit dem anderen, sondern beide zusammen mit einem Dritten, der nicht im Bild war, sondern am anderen Ende der Leitung, die ja schon längst keine Leitung mehr ist. Oh je, ich merke schon, ich lappe ins Geschwätzige. Das könnte allerdings auch der Einfluss des jungen Paares vor mir sein, denn es produzierte einen ungezügelten Wortschwall in noch ungezügelterer Lautstärke:

Er (in den Hörer): Ey, sag ihm, dass ich da mal vorbei komme gleich, jetzt gleich, sofort, und dann mach ich das mal wirklich klar, wa! Dann wird der aber ma sehen. Dann reiß ich dem so was von'n Arsch auf, sach ihm das schonma, ich komm da gleich ma, da kanna schon ma die Wundsalbe bereitlegen, aber sowas von!

Sie (ungerichtet in die Welt): Wundsalbe? Alter, Wundsalbe? Was haste denn mit Wundsalbe? Ich will, dassde dem die Scheiße aussem Bauch prügelst, was willste denn da mit Wundsalbe, die Scheiße aussem Bauch, wa!

Plötzlich drehte sie sich zu mir um, ein ganz hübsches Gesicht, dachte ich überrascht, da brüllte sie mich an: »Was glotzte denn so? Wenn andere telefonieren, was gibt's denn da zu glotzen?« Eine berechtigte Frage, sicherlich. Sie schien an einer Antwort von mir allerdings nicht sonderlich interessiert, sondern drehte sich wieder um und brüllte in Richtung Telefon: »Erst die Scheiße aussem Bauch, und dann ... ach Scheiße, Alter, wir müssen erst noch einkaufen, Karstadt macht gleich zu, wir brauchen noch Milch und Haferflocken.

Er (in den Hörer): Ey Alter, wir müssen noch Milch kaufen, da hatta aba jetzt Glück gehabt, sach ihm das! Nächstes Mal komm ich wirklich vorbei!

Inzwischen waren wir oben angekommen, er steckte sein Handy ein, die beiden küssten sich und bogen rechts ab. Ich lockerte meinen Stahlhelm wieder etwas. Eigentlich doch genauso wie im Wedding hier, dachte ich erleichtert.

Vielleicht abgesehen davon, dass in Neukölln ja jetzt die Szene ist. Und deshalb war ich ja auch hier. Denn wo die Szene ist, da bin früher oder später natürlich auch ich. Vorlesen sollte ich hier, in einer total angesagten Location, auf Einladung eines freundlichen jungen Herrn in modischem Urban-Bohème-mit-interessantem-Hut-Look. Ich war gespannt darauf, die in den Stadtmagazinen und Zeitungen beschriebene, neue, vibrierende und pulsierende In-Szene von Nord-Neukölln zu erkunden und mich von den jungen, trendigen, wissbegierigen Menschen feiern zu lassen.

Die angesagte, hippe Bar war zwischen den Dönerläden, Tattoo-Salons, den Raucher-Pizzerien und Nagel-Studios kaum auszumachen und sah von außen aus wie eine Eckkneipe. Das sagt heutzutage aber ja natürlich nichts aus über das Innere, man kennt das ja, draußen Obst & Gemüse, drinnen angesagte In-Location, draußen Fleischerei, drinnen Tanzschuppen. So ist das halt in Trendgebieten.

Ich trat ein. Auch das Innere sah aus wie eine abgeranzte Eckkneipe. Eine gelangweilte Kraft stand hinter dem Tresen, eine Frau in selbst gestrickt wirkenden Klamotten – einschließlich selbst gestrickter Mütze – um die fünfzig saß an einem Tisch, sonst war alles leer. Nun, das kann mich als alten Hasen nicht irritieren. Gerade in angesagten Szeneläden und ganz sicher im Trendbezirk Neukölln ist es ja oft üblich, um nicht zu sagen selbstverständlich, dass es erst Stunden nach der offiziell angegebenen Zeit losgeht, das gehört da zum guten Ton. Ich fragte am Tresen nach meinem freundlichen Gastgeber, aber der war noch gar nicht da. Ja, so sind sie, die entspannten, coolen, jungen Typen. Zum Glück bin ich ein entspannter, cooler, alter Typ, ließ mir also gut gelaunt ein Bier geben und setzte mich an einen Tisch, um ein bisschen in Ruhe nachdenken zu können, ich mag das, und man kommt ja viel zu selten dazu.

Die selbst gestrickte Frau hatte dieses Bedürfnis entweder nicht oder schon zuvor gestillt, sie nahm umstandslos ihr Bier in die Hand und kam an meinen Tisch rüber.

»Du bist der Künstler?«, fragte sie, und ich war vorsichtig freundlich gestimmt, denn einerseits hatte ich ja nicht wirklich etwas zu tun und konnte mich also durchaus auf einen Plausch einlassen, und andererseits wird man eher selten als Künstler angesprochen, sondern ja höchstens als »Vorleser« oder meistens eben doch eher als »der Typ, der hier was machen will«, ich weiß solche Wertschätzung durchaus zu würdigen.

»Ich bin nämlich auch Künstlerin«, sagte sie. Oha. Ich spürte Unwillen in mir aufsteigen. Das ist ja das Dilemma: Einerseits wünscht man sich eigentlich durchaus bei Auftritten, mit den Menschen ins Gespräch zu kommen, aber die, die einen dann ansprechen, entpuppen sich leider meistens entweder als Psychopathen oder, schlimmer noch, selbst als Künstler, im ungünstigsten, aber häufigen Fall als beides gleichzeitig.

Andererseits: Es gibt natürlich auch Ausnahmen, und ich war immer noch guter Laune, also hätte ich sie fast gefragt, was sie denn so mache als Künstlerin, aber dazu kam ich gar nicht mehr: »Ich mache nämlich Installationen«, sagte die Frau. Beherrsch dich, zwang ich mich, das klingt nur immer bekloppt, das muss es aber gar nicht sein. Bei mir im Haus zum Beispiel wohnt eine Künstlerin, die ich sogar sehr schätze und die auch Installationen macht, ganz ernsthaft. Dass die Strickfrau wahnsinnig sein muss, nur weil sie Installationen macht, ist also keineswegs zwangsweise der Fall. Leider aber wahrscheinlich.

»Ich mache Installationen im öffentlichen Raum, am liebsten in der U-Bahn, oder auf Straßenfesten«, erzählte sie weiter, »ich mache Strick-Installationen.«

Au weia, dachte ich. Sie sah mich erwartungsvoll an. »Was denn für Strick-Installationen«, antwortete ich gequält.

»Ich stricke Spermien!«, führte sie triumphierend aus.

»Spermien«, hielt ich fest.

»Ja, Spermien. Neulich hatte ich eine Installation, da habe ich den ganzen Tag in der U8 Spermien gestrickt.«

»Was denn für Spermien?«, fragte ich, jetzt doch ehrlich interessiert.

»Na, Spermien eben. Spermien, wie du sie jeden Tag produzierst. Jeden Tag produzierst du da unten Tausende und Abertausende Spermien«, sie deutete durch die Tischplatte hindurch auf meinen Schoß, »aber das ist dir gar nicht wirklich bewusst. Sie sind ja auch so klein, die Spermien. Du siehst ja nur dein Sperma, vielleicht ja nicht mal das, viele Männer achten ja nicht mal beim Ficken auf ihr Sperma, die nehmen das gar nicht mehr bewusst wahr, die machen halt so rum und spritzen das dann irgendwohin und das war's dann. Wann hast du dich das letzte Mal bewusst mit deinem Sperma beschäftigt?«

Ich schaute sie verblüfft an, mein Interesse war schon wieder in Alarmstimmung umgeschlagen, aber zum Glück war die Frage wohl eher rhetorisch gemeint, sie führte weiter aus: »Und ich stricke eben Spermien. Natürlich in Groß. Die sehen total niedlich aus, so groß wie ein Teddybär und mit so einem Schwänzchen hinten dran, richtige Kuschelfiguren. Du weißt doch, wie Spermien aussehen?«

»Äh, ja, natürlich«

»Viele wissen das ja gar nicht richtig. Die spritzen das ihr Leben lang jeden Tag durch die Gegend und wissen überhaupt nicht, woraus das besteht, was da drin ist, was für entzückende kleine Wesen so Samenzellen eigentlich sind, und wie bedeutsam, ich meine, sie prägen unser Leben! Und ich rücke sie in unser Bewusstsein. Ich stricke Spermien und verschenke sie an die Menschen. Alle sollten viel mehr über Sperma nachdenken! Den Männern sage ich dann: Weißt du eigentlich, dass du jedes Mal, wenn du kommst, 80 Millionen davon abgibst?«

Ich war nicht ganz sicher, in welche Richtung das Gespräch sich entwickelte, aber ich fragte einfach mal: »Und? Wie reagieren die so?«

»Sehr unterschiedlich«, sagte sie. Das konnte ich mir gut vorstellen.

»Weißt du«, sagte sie, »ich finde das unglaublich faszinierend.«

»Was genau?«, fragte ich vorsichtig.

»Na, Sperma! Du produzierst davon im Laufe deines Lebens fünfzehn Liter! Ich meine ...« Sie zeigte auf mein Bier, »stell dir das mal vor! Das da sind fünfhundert Milliliter in deinem Glas.« Das stimmte zwar nicht, denn inzwischen war es schon halb ausgetrunken, und mich überkam das Bedürfnis, den Rest auch sehr schnell zu leeren, aber ich verzichtete lieber darauf, das im Detail zu diskutieren, ich fand die Vorstellung jetzt sowieso nicht so wahnsinnig antörnend. Aber sie ließ sich nicht beirren: »Stell dir das mal vor: Dreißig große Biergläser voll mit Sperma!«

Nein! Das mochte ich mir jetzt wirklich nicht vorstellen. Ich sah mich vorsichtig um, ob nicht mein Gastgeber mit dem Hut allmählich erschiene. Keine Spur von ihm.

»Das ist doch irre! Dabei gibst du mit jeder Ejakulation nur drei Milliliter ab! Ist natürlich etwas abhängig davon, wie oft du abspritzt, wenn du's ein paar Tage nicht tust, dann wird's natürlich mehr, aber das tust du ja nicht, nicht wahr?« Sie sah mich sehr seltsam an dabei. Gut, jetzt war es wirklich nicht mehr zu leugnen: Das Gespräch hatte sich definitiv in eine merkwürdige Richtung entwickelt. Es schien mir allmählich an der Zeit, das Thema zu wechseln: »Und was machst du sonst noch so?«, fragte ich, so unauffällig und höflich wie möglich.

»Ich verkaufe auch auf dem Markt hier um die Ecke Kunst.«

»Ah!«, ich war erleichtert, das schien mir ein weit weniger heikles Terrain, »und was so?«

Sie sah mich vorwurfsvoll an: »Na, meine Strick-Spermien, was denn sonst! Da kann man alles Mögliche draus machen. Kuschel-Spermien, Sofakissen in Spermienform, Blumentopf-Verkleidungen, Spermien-Mützen – die gehen jetzt gerade besonders gut.«

»Die Leute setzen sich Spermien-Mützen auf?«, fragte ich, ehrlich verwundert.

Sie kicherte. »Na ja, das sage ich denen ja nicht immer. Viele bemerken das gar nicht, ein bisschen sieht so ein Spermium ja schließlich auch aus wie eine Zipfelmütze, ein gestricktes erst recht. Ich betrachte das dann als Teil meiner Installation. Da kommen sie zu mir, Männer und Frauen, und danach laufen sie mit Sperma in den Haaren durch die Gegend. Ist doch lustig, oder?«

»Äh ...«

»Und nicht nur lustig, es ist auch eine große Metapher, verstehst du?«

»Äh ...«

»Weißt du, ich beschäftige mich jetzt schon seit Jahren eingehend mit Sperma!«

»Äh ...«

»Wir gehen alle mehr oder weniger täglich damit um, und es ist so wenig in unserem Bewusstsein. Und alles so tabuisiert! Wenn du jetzt zum Beispiel mit zu mir kommen würdest ...«

»Äh ...«

»... dann würdest du sehen, dass ich in meinem Schlafzimmer, direkt vor meinem Bett, einen großen, spermienförmigen Häkelteppich habe. Ich häkle nämlich auch, weißt du!«

In dem Moment setzte sich jemand an unseren Tisch. Er hatte einen Hut auf. Einen Hut, keine Spermien-Mütze. Mein Gastgeber. Ich war erleichtert. Wir könnten jetzt bald beginnen, sagte er mir, es sei alles aufgebaut.

Die Installateurin sagte, sie müsse jetzt leider gehen, sie würde zwar unheimlich gerne sehen, was ich so mache, aber sie müsse noch stricken für den Markt morgen. Sie drückte mir ihre Visitenkarte in die Hand: »Hier! Falls du mal Sperma von mir brauchst.«

Mein Gastgeber sah uns verwundert an, ich steckte die Karte ein. Die Lesung konnte beginnen.

Fußball, Prügel, Polizei

Sonntag, 19.30 Uhr, ein milder, sonniger Abend. Als ich auf dem Weg zum Kaffee Burger zu meinem allsonntäglichen Auftritt bei der *Reformbühne Heim & Welt* bin, sehe ich von weitem auf der Torstraße vor der Kneipe Baiz einen Haufen Bier trinkender, lauter Männer stehen. Nun ist die Baiz an sich ein angenehmer und gastfreundlicher Laden und gilt als links-alternative Hochburg in einem zunehmend gentrifizierten Umfeld, aber meine grundsätzliche Aversion gegen Gruppen Bier trinkender, lauter Männer ist völlig unideologisch und pragmatisch: Ich wechsle die Straßenseite. Irgendwelche Fußballfans von irgendeinem Berliner Verein, Tennis Borussia, werde ich informiert. Aha. Mir sind Fußballfans samt ihrer Quatschvereine seit je so suspekt wie egal, also was soll's. Die wiederum wundern sich womöglich, dass ich mich mit Klapperschlangen, Leguanen und Nasenfröschen beschäftige, als ob daran etwas seltsam wäre. Soll aber doch letztlich jeder seiner Leidenschaft nachgehen. Hauptsache: Leidenschaft. Obwohl, so viel Nachtreten muss dann schon noch sein: Selten hört man ja von randalierenden Reptilienforschern. Außerdem, ganz am Rande bemerkt, sehen wir besser aus. Wir haben einfach mehr Sex.

In der Pause unserer Veranstaltung stehe ich mit den Reformbühnen-Kollegen vor dem Kaffee Burger. Wir werden Zeuge eines respektablen – nun ja: Feuerwerk klingt so nett nach Silvesterraketen, hier sieht es eher ein bisschen aus wie ein Brandanschlag in Bagdad. Es kracht jedenfalls ordentlich, ein durchaus eindrucksvoller Feuerschein steht autohoch in der Straße, es raucht gewaltig. Ich fühle mich bestätigt in meiner Aversion gegen Bier trinkende, laute Fußballmänner und ziehe es vor, wieder ins Burger zu gehen.

Die zweite Hälfte beginnt ohnehin gleich. Die Kollegen und Zuschauer kommen mit, einzig Freund und Mitvorleser Falko Hennig, ein manischer Sammler des örtlichen Zeitgeschehens und chronischer Chroniker wie Archivar, bleibt noch draußen und fotografiert das Spektakel auf der anderen Straßenseite, so wie er immer alles Ungewöhnliche und zudem auch erstaunlich viel äußerst Gewöhnliches fotografiert und filmt. Das gefällt auf der Baiz-Seite offenbar nicht jedem. Animalisches Gebrüll kommt von der anderen Straßenseite, gleich darauf ein Regen aus Bierflaschen. Vielleicht halten sie Falko für einen Zivilpolizisten oder für einen Touristen. Beides gilt offenbar unter sich links empfindenden Vollpfosten als Freibrief zur Eigenexekutive. Plötzlich tauchen zwei der Gestalten vor Falko auf, einer zieht sich noch die Kapuze vors Gesicht, Falko versucht sich ins Burger zu retten, direkt vor der Tür erwischen sie ihn. Sie schlagen und treten ungehemmt zu.

Wir haben derweil bereits mit der zweiten Hälfte begonnen, als plötzlich Karl, einer der Betreiber des Burger, in den Saal stürzt und ruft: »Kommt mal alle mit nach draußen, Falko wird verprügelt.« Die erheblich sportlicheren und schnelleren Kollegen, voran Ahne, sind im Nullkommanichts draußen. Als ich auf dem Gehsteig eintreffe, herrscht ein großer Tumult dort. Offenbar ist es den anderen gelungen, die Schlägerei aufzulösen, aber nicht vollständig. Etwas unbemerkt und abseits von der ratlosen Menschenmenge vor dem Eingang geht es direkt weiter: Die zwei Typen, die offenbar erst der Masse der aus dem Burger drängenden Helfer gewichen sind, drehen sich um und stürzen erneut auf Falko. Unser Gast Konrad Endler von den Surfpoeten wirft sich dazwischen, Falko will sich wehren und trotz sichtlicher Blessuren die Angreifer angehen, ich packe ihn von hinten am Kragen seines T-Shirts und will ihn wegziehen. »Lass die Arschlöcher«, versuche ich ihn zu besänftigen, »die sind es nicht wert.«

In genau diesem Moment, Falko ist eingekeilt zwischen Konrad und mir, wir haben ihn praktisch wie auf einem Präsentierteller fixiert und dafür gesorgt, dass er sich nicht wehren kann, schlägt der eine der beiden, ein kahlrasierter, etwa zwanzig- bis dreißigjähriger, sportlichdrahtiger Typ, mit voller Wucht zu, geradewegs auf Falkos Kopf. Einzig der ungünstige Einschlagwinkel dank Konrads Positionierung verhindert einen Frontaltreffer, trotzdem klingt es nicht schön, als seine Faust mit ganzer Kraft auf Falkos Gesicht trifft.

Dann brüllt plötzlich jemand: »Halt, Polizei, stehen bleiben!« Verwirrt drehe ich mich um, ein hünenhafter Polizist kommt angerannt und ist schon bei uns, die beiden Schläger flüchten rasch über die Torstraße Richtung Baiz. Sie hätten sich gar nicht groß beeilen brauchen: Der Polizist hat ohnehin nur Augen für Falko und Konrad, ebenso martialisch wie lautstark herrscht er sie an, sie sollen sich auf den Boden legen. Beide sind so irritiert, dass sie einen Moment nicht reagieren, da stürzt der Polizist, aufgeplustert wie ein Hühnchen in der Mauser, auf sie zu. Beide ducken sich auf den Boden weg.

Ich scheine nicht als bedrohlich wahrgenommen zu werden. Das ist mein Schicksal. Vielleicht nicht das schlechteste. Trotzdem bin ich nicht ganz schlüssig, ob ich das schmeichelhaft oder beleidigend finden soll. Wie dem auch sei, ich darf also stehen bleiben. Nachdem ich die doppelte Schrecksekunde – das ganze Geschehen vom Faustschlag bis zum polizeilichen Zur-Strecke-bringen der Kollegen hat keine halbe Minute gedauert – verwunden habe, informiere ich den Polizisten, dass er die Opfer gestellt habe, die Täter hingegen unbehelligt gerade über die Straße laufen würden. Die sind zu dem

Zeitpunkt erst am Mittelstreifen, kurz vor der Baiz. Der Polizist beachtet mich gar nicht, sondern brüllt weiter auf Falko und Konrad ein, die auf dem Boden nur hocken. Sie sollen sich aber flach auf den Bauch legen.

Ich bin außer mir vor Empörung und schreie irgendwas auf den Polizisten ein. Nun kommt auch eine Kollegin von ihm hinzu, die sich etwas an ihrer schusssicheren Weste herumfriemelt, sie sitzt wohl noch nicht adrett genug. Erstmals lässt der Polizist nun seinen Blick ab von Falko und Konrad und schaut zu mir. Im ersten Moment scheint er auf mich losgehen zu wollen. Aber dann signalisiert meine Gesamterscheinung ihm offenbar, dass ich keine akute Gefahr darstelle. Er gibt die Drohhaltung auf. Nun stellt Falko den Sachverhalt noch einmal dar und kann immerhin auf blutende Wunden verweisen, der Polizist wirkt unsicher, aber er will noch nicht klein beigeben, noch einmal blafft er uns an: »So? Und wo sind dann die Täter?« Die aufgebrachten Hinweise von uns, dass die in der Zwischenzeit, in der er hier die Opfer zur Strecke gebracht habe, natürlich längst über alle Berge sind, scheinen ihn zu überzeugen, wahrscheinlich fühlt er sich jetzt sicher, sie sind ja weg. Er signalisiert Falko und Konrad, dass sie wieder aufstehen können und ringt sich fast zu so etwas wie einer Entschuldigung durch: »Von da hinten konnten wir ja gar nichts sehen.« Nun werden die Personalien aufgenommen. Von Falko. Nicht etwa von einem von uns, die wir alles gesehen haben. Ich weise die Polizisten auf meine Zeugenschaft hin. Sie ignorieren mich. Konrad und ich gehen schließlich wieder ins Burger, Falko geht mit den Polizisten noch in die Baiz. Wenig überraschend finden sie dort keinen der Angreifer mehr.

Inzwischen sind diverse Mails hin und hergegangen, Gespräche geführt und Forumseinträge geschrieben worden. In der Baiz feierten an diesem Abend Fans von Te-Be, so nennen die sich, ihre Niederlage. Die gelten eigentlich als politisch okay und eher freundlich »humanistisch«, wie ich erfahre. Sie wollen mit dem Angriff »definitv« nichts zu tun haben, bedauern ihn gar »außerordentlich«, es ist die Rede davon, irgendwelche aus irgendwelchen Gründen mitgereiste Fans »aus der Vorstadt unseres Nachbarbundeslandes«, die aber »nicht namentlich bekannt und auf Grund ihres stereotypen Erscheinungsbildes nicht identifizierbar« seien, wären die Täter gewesen, so jedenfalls heißt es in einer Mail des Fanbeauftragten von Tennis Borussia Berlin.

Die Sache ist für Falko physisch glimpflich ausgegangen. Angesichts meiner eigenen Verstörung möchte ich davon ausgehen, dass er mental mehr Kratzer eingesteckt hat als die paar Schürfwunden, Striemen und Prellungen, die man sieht. Ein nachsorgender Arzttermin, das war's. Blanker Zufall. Allein der Schlag, den ich auf Zentimeterdistanz erlebt habe, hätte zweifellos auch anders wirken können.

Der Vorfall taucht im Polizeibericht nicht einmal auf. Zu bedeutungslos, wahrscheinlich.

Dichter und Currywurst

Als ich herzog, hielt ich es für einen großen Pluspunkt der Infrastruktur, direkt gegenüber einer Pommesbude zu wohnen. Nach dem ersten Besuch beim *Imbiss zur Mittelpromenade* sah ich das schon deutlich kritischer. Nach dem zweiten und dritten erst recht. Es dauerte nicht sehr lange, bis mir klar wurde, dass die kleine Bude an der Straßenbahnhaltestelle eine echte Bedrohung darstellte. Dass Imbissbudenessen nicht gerade besonders gesundheitsförderlich ist, weiß ich natürlich. Bis dahin hielt ich das aber immer für eine eher akademische Überlegung, weil man irgendwann später die Rechnung dafür bezahlen muss, sich zu ungesund ernährt zu haben. Beim *Imbiss zur Mittelpromenade* aber wird sofort kassiert. Da sind Cholesterinwerte in zwanzig Jahren keine Bedrohung, sondern Verheißung. Weil man damit rechnen darf, dieses Alter überhaupt zu erreichen. Luxus-Sorgen. Nach einem Besuch des *Imbiss zur Mittelpromenade* hat man genug damit zu tun, die folgende Nacht zu schaffen. Und ich bin sicher, nicht allen gelingt das. Klar, im Verkehrstoten-Bericht von Berlin taucht die Ecke Seestraße/Müllerstraße immer wegen der Straßenbahnunfälle auf. Aber niemand führt Buch darüber, warum die Menschen sich hier scheinbar wie die Lemminge in den Abgrund vor die Wagen der Linie 52 stürzen.

Seit Langem schon wechsele ich, wenn ich nachts hier entlang komme, die Straßenseite erst auf Höhe Genter/Lüderitzstraße. Es hat lange gedauert, aber heute weiß ich, wie ich der Bude entkomme. Man muss sie austricksen, man muss sie weiträumig umgehen. Man darf nicht in ihren Dunstkreis kommen – und das ist hier verdammt noch mal wörtlich zu nehmen –, jedenfalls nicht, wenn man zuvor Bier getrunken hat und anfällig ist für den Geruch von siedendem Fett und brutzelnden Kartoffelsurrogatschnipseln. Ich weiß das. Es ist eines der Privilegien des Älterwerdens, nicht mehr jede Herausforderung annehmen zu wollen.

Es war ein schöner Abend. Zufrieden torkelten der Dichter aus der fernen Stadt und ich zu später Stunde nach Hause, schon wollte er nach der Nachtbushaltestelle fragen, da wurden seine Augen plötzlich größer, und ein leicht satanisches Grinsen kroch in sein Gesicht, als er fragte: »Da ist ja noch eine Pommesbude! Wollen wir nicht noch?«

Erschreckt sah ich ihn an. »Das ist der *Imbiss zur Mittelpromenade*«, wollte ich zu einer Warnung ausholen, aber im Dichterkopf waren alle Synapsen schon umgelegt, die Gier trat in seine Augen: »Komm, noch eine Currywurst. Auf den schönen Abend. Wenn ich schon mal im Wedding bin.« Und ohne weiter abzuwarten, zog es ihn in Richtung Mittelstreifen, hin zum Licht, wie ein überdimensionaler Nachtfalter strebte er auf die Luke zu. Ach, was soll's, dachte ich. Ich war schon monatelang nicht mehr dort gewesen, warum also nicht.

So bestellten wir also je eine Currywurst. Und sahen der Wirtin zu, wie sie wortlos zwei Würste aus dem Sud griff und mit unbewegter Miene in die Fritteuse gleiten ließ. Mich durchzuckte ein leichter Ekel, aber der Dichter bleckte die Zähne und ließ seine Zunge über die Lippen fahren. Er wollte es jetzt und er wollte es hier. Und er wollte es hart. Sein lefzender Blick hing an der Zange der Fritteusin, an jeder ihrer Bewegungen, in jedem anderen Zusammenhang hätte man das als ungebührliches Anstarren gewertet, und ja, er starrte sie an und war nicht an ihr als Person interessiert, er wollte nur ihr Fleisch, Fleisch!, heißes, tropfendes Fleisch, und sie war ihm gern zu Diensten. Für nur 2 Euro 10 ließ sie es spritzen und blubbern, dann tauchte sie tief ein in das Inferno der Fleischeslust, hielt seine Wurst zwischen ihren stählern verlängerten Fingern, schüttelte, bis sie den letzten Tropfen herausgemolken hatte. »Normal oder extra scharf«, fragte sie gelangweilt, und der Dichter rief: »Scharf! Ja, extra scharf!« Das Pulver staubte, der Ketchup ergoss sich darüber, und schon standen wir an den Stehtischchen mit der dampfenden Masse vor uns, ein frisches Bier daneben, und gierig schlangen wir die Bröckchen in uns hinein. Schmeckt ja doch eigentlich ganz gut, dachte ich, wohl wissend, dass dies eine Täuschung ist, eine Art Geschmacks-Fatamorgana, aber was soll's, bereuen könnte ich auch am nächsten Morgen noch, sogar richtig, wie sich im nächsten Moment herausstellte, denn der Dichter hatte noch nicht genug. »Komm, wir nehmen noch eine«, rief er mir zu, »ich war schon seit Jahren nicht mehr im Wedding, und jetzt will ich's haben, jetzt will ich's richtig, los, wir bestellen noch eine!« Irgendwo in meinem Kopf leuchteten noch einige Warnlampen auf, das System lief zuverlässig, an sich, es erkannte die Gefahr. Sie war allerdings auch nicht schwer zu bemerken, denn der Dichter stand an der Luke und blaffte: »Noch zwei Würste! Scharfe Würste! Extra-scharfe Würste, mach sie uns heiß, bitte, wir wollen sie heiß und scharf!« Dann drehte er sich zu mir um und rief: »Und wir nehmen noch'n Schnaps!« Es war keine Frage. Die Warnleuchten blinkten hektischer, fast hätten sie mich in die Realität zurückgeholt, fast hätte ich ihm ein »Nee, lass mal, für mich nicht mehr!« zugerufen, da hatte er die Bestellung schon aufgegeben und ich sah, wie die Fritteusin wortlos zwei Fläschchen aus der Auslage kramte. Jägermeister. Die Warnlampen brannten durch.

Schon torkelte der Dichter wieder auf unseren Stehtisch zu, zwei Papptabletts balancierend, dazu knallte er die Fläschchen des Grauens auf die Tischplatte. Wir schraubten sie auf, prosteten uns zu, ließen das Gift in unsere Körper sickern und warfen sofort Wurststück um Wurststück hinterher, ist ja nicht viel dran, an so einer Wurst, ruckzuck war sie verschwunden, der Dichter nahm das Tablett, streckte seine fleischige Zunge heraus und ließ sie in der reichlich übrig gebliebenen Ketchup-Curry-Masse kreisen, als sei sie auch eine Wurst, er wälzte sie ausgiebig darin, dann ließ er sie großflächig über die Pappe streichen, erst noch vorsichtig, dann aber zunehmend sicherer und bestimmter, am Ende strich er mit professioneller Gründlichkeit darüber, als gelte es, seltenes Porzellan zum Glänzen zu bringen, und erst, als kein Ketchupmolekül mehr auszumachen war, weder optisch noch offenbar geschmacklich, ließ er von dem restlos ausgeweideten Pappkadaver ab, sah kurz mich an, kurz mein Tablett, auf dem das Plastikgäbelchen in der Mixtur aus ausgetretenem, gelblichen Fritteusenfett und rotbräunlich zähem Saucenrest senkrecht stand, so zäh war die Masse, und ehe er es sich krallen konnte, fragte ich: »Nehmen wir noch eine Wurst? Diesmal bin ich dran!«, und ich wankte zur Luke, und es war mir nicht mal mehr peinlich, als ich sie bestellte, und den Jäger-meister, und noch zwei Bier, jetzt war ohnehin alles egal.

Nun aber musste auch mal etwas heraus, verdammt, dachte ich, und dann fiel mein Blick auf sie: direkt neben dem Stand stand sie, seit ich hier wohne stand sie da, und nie, niemals hätte ich es für möglich gehalten, jemals einen Fuß hineinzusetzen. Ich kicherte irre, wühlte in meinem Portmonee, dann warf ich ein 50-Cent-Stück in einen Schlitz. Wie von Geisterhand glitt eine Tür zur Seite, und ich betrat sie: die erste City-Toilette meines Lebens. Der Dichter blickte mir besorgt hinterher, als die Tür wieder zu ging. Auch ich hielt es durchaus für mög-lich, dass dies das Portal zu einem anderen Universum war, vielleicht auch zum Hades. Ein widerliches bläuli-ches Licht herrschte im Inneren des kreisrunden Teils, ein intensiver Duft umfing mich, war ich schon in einer fremden Galaxis, war ich in einem Raumschiff? Waren sie gekommen, um mich zu holen? Feierlich schritt ich vor zur Gangway und reichte der fremden Lebensform, die da still und silbern schillernd vor mir stand, zur Begrüßung mein Glied.

Der unangenehme Geruch und der weichende Blasendruck holten mich in die Wirklichkeit zurück, oh Gott, ich war in einer City-Toilette! Schnell schüttelte ich ab, die letzten Tröpfchen wichen wie bei einer Currywurst im Griff der Fritteusin, mich fröstelte, dann wollte ich fliehen von diesem Ort des Grauens, und stand nun ratlos vor dem vermeintlichen Ausgang, aber nichts tat sich. Ich spürte Angst. War es tatsächlich eine Falle? Ich drückte und rüttelte – nichts. Entsetzen stieg in mir auf. Sie hatten mich! Mein letztes Stündlein hatte geschlagen. In einer City-Toilette. Um Gottes Willen. Das durfte nicht sein! Ich schrie wie von Sinnen um Hilfe. Draußen hörte ich den Dichter: »Was'n los?« »Ich komm hier nicht mehr raus!«, brüllte ich, dann hörte ich eine Weile nichts, schließlich Schritte und seine Stimme: »Da muss irgendwo so ein Knopf sein!« – ein Knopf! Damit hatte ich nun nicht gerechnet, aber tatsächlich, da war ein Knopf, die Tür glitt auf, breit grinsend stand der Dichter vor mir, in je einer Hand ein Tablett mit unseren Würsten, sein Blick hatte längst etwas Wahnhaftes, »Hier, heiß und scharf«, lachte er mir kehlig entgegen, während der Duft der City-Toilette uns umwehte, dazu die Jägermeister, mühsam wankte ich rüber zum Stehtischchen und krallte mich dort fest.

Wir verschlangen unsere Würste und verklappten den Jägermeister in uns, als zufällig auch noch Freund und Kollege Nils Heinrich vorbeikam, der um die Ecke wohnte, na, das war eine Überraschung, hier nachts um zwei auf der Mittelpromenade, klar, darauf noch eine Runde Currywürste und Jägermeister. Damit setzt dankenswerterweise meine Erinnerung aus. So weiß ich nur aus den Erzählungen von Nils, dass ich im Lauf der Nacht noch eine begeisterte Führung durch die City-

Toilette für alle durchgeführt und von ihren Vorzügen geschwärmt habe, und dass der Dichter noch unter Androhung von Schlägen nach einer weiteren Currywurst verlangte, aber die Fritteusin hatte ein Einsehen, alles Trommeln vor die Scheibe nutzte nichts, unerbittlich stellte sie um drei die Fritteuse ab, und irgendwie müssen wir wohl schließlich alle noch nach Hause gekommen sein.

Am nächsten Tag mochte ich nichts essen. Bis zum Abend. Am *Imbiss zur Mittelpromenade* war ich seither nie wieder. Nach Einbruch der Dunkelheit bleibe ich lieber auf der anderen Straßenseite. Sicher ist sicher.

Heilbronn

Robert Rescue war schon beim Start übellaunig. Sein Ansinnen auf Einzelzimmer für uns, mindestens aber für ihn, war gescheitert. Peter, der Veranstalter in Heilbronn, hatte sie uns zunächst zugesagt, um uns dann aber kurz vor der Abfahrt zu informieren, dass das Hotel, in dem er für uns reserviert habe, wegen massivem Befall mit Küchenschaben von Amts wegen geschlossen worden sei. Er habe aber eine sogar noch komfortablere Unterkunft für uns gefunden, in der WG einer Freundin von ihm, da gebe es auch genug Zimmer, massenhaft Platz und total nette, supersympathische Leute, da könnten wir problemlos unterkommen. So hatte er mir am Telefon gesagt. Mich befiel eine dunkle Ahnung, also fragte ich zurück: »Supersympathische Leute? Das ist gut. Schreiben die zufällig auch selbst?« »Ja, genau, die Anna-Lena!«, strahlte Peter mich durchs Telefon an, »voll cool, oder? Die ist sogar richtig gut. Die hat sogar neulich beim Slam den dritten Platz gemacht!« Scheiße, dachte ich. Wenn ich das den anderen sage, ist der Auftritt geplatzt. Ich aber brauchte das Geld. Nach Abzug von Fahrtkosten und Verpflegung würden pro Person satte 35 Euro hängen bleiben, davon konnte ich die nächsten drei Monate leben. Also packte ich sicherheitshalber Iso-Matten für uns alle ein und informierte die Kollegen nur über die Umstellung von kakerlakenverseuchtem Hotel auf supersympathische WG. Wie nicht anders zu erwarten, schlug mir geballter Hass entgegen. »Hättest du mich das machen lassen, wäre das nicht passiert«, fauchte Robert mich an, und Nils Heinrich nörgelte: »Hoffentlich schreiben die nicht selbst, sonst gehe ich doch lieber zu den Schaben.«

In Heilbronn angekommen, stellte sich überraschend heraus, dass die vier WG-Mitglieder, anders als von Peter angenommen, doch gar nicht verreist bzw. auf Lehrgang bzw. bei ihrer Freundin bzw. im Krankenhaus, sondern allesamt zufällig zu Hause waren und also leider ihre Zimmer selbst benötigten. Blieb uns also nur das Zimmer dieser Freundin von ihm. Seufzend holte ich die Iso-Matten aus dem Auto. Wie sich des Weiteren zeigte, war unsere nunmehr alleinige Zimmergeberin auch nicht nur nicht eine Freundin, sondern *die* Freundin unseres Veranstalters, mit der er, eine unglückliche Fügung, gerade ziemlichen Stress hatte. »Ist alles ganz easy«, flüsterte er uns zu, »die beruhigt sich schnell wieder. Macht es euch gemütlich, fühlt euch ganz wie zu Hause«, und mit einladender Geste wies er uns in Anna-Lenas Zimmer, ein vielleicht 16 Quadratmeter umfassender Schlauch, in dem wir immerhin Platz fanden, unsere Iso-Matten nebeneinander auszurollen, wenn Hinark und Volker sich das Bett teilen würden. Aus der WG-Küche hörten wir lautes Gekeife, manchmal drangen sogar Satzfetzen zu uns durch: »Wie kommst du dazu, diese Typen in meinem Zimmer einzuquartieren!« etwa, oder: »Die schreiben doch nur so Alltagsgeschichten, das hat doch gar keine Tiefe!« Nach einer Weile schaute Peter kurz zu uns rein, machte beschwichtigende Handbewegungen, sagte, dass es gleich losgehe und dass alles total entspannt sei, und dass wir doch sicher nichts dagegen hätten, wenn Anna-Lena mit uns zusammen auftreten würde, die sei wirklich richtig gut, außerdem fänd die uns total cool, den Wunsch müssten wir ihr einfach erfüllen, wenn schon mal so bekannte Literaten aus Berlin da seien, und schließlich würde sie im *Monochrom* eigentlich immer mitlesen, das Publikum würde das geradezu erwarten, eigentlich kämen die alle nur wegen ihr. Wir nickten ergeben.

Der Abend wurde dann doch sogar ganz gut, und warum nicht auch mal ein wenig Besinnungslyrik mit pornographischen Elementen und gewagter Metaphorik. Mit einem lyrischen Ich jedenfalls, das auf der Bühne von sich behauptete, es »tropfe wie ein Kieslaster auf dem Weg zur Baustelle eines mächtigen Turmes«, dessen »Rohbau sich deutlich gen Himmel recke« unter der Hose des »beharrlich schweigenden, aber doch enorme Sensibilität ausstrahlenden Studierenden der Wirtschaftssoziologie am Tisch gegenüber«, bin ich auch noch nicht zusammen aufgetreten.

Nach dem Auftritt ging es noch zusammen in die Kneipe. Die Situation hatte sich deutlich entspannt. Anna-Lena entschuldigte sich sogar dafür, dass sie etwas Stress verbreitet habe am Abend, das hätte ganz bestimmt nichts mit uns zu tun, sie freue sich vielmehr, dass sie uns ihr Zimmer zur Verfügung stellen dürfe. Leider stellte sich im weiteren Verlauf der Nacht bei ihr zu Hause heraus, dass erstens Nils und Volker nur für sich Ohropax dabei hatten, dass Robert und Hinark umstandslos und wie die Kleinkinder einschliefen und dabei laut und zufrieden vor sich hin schnarchten und dass schließlich Anna-Lena nicht nur womöglich wie ein Kieslaster zu tropfen in der Lage war, sondern ganz sicher jedenfalls bei ihren Bauarbeiten am Turm der Wirtschaftssoziologie kreischte und quietschte wie ein schlecht gewartetes Baufahrzeug, sodass Frank Sorge und ich uns schließlich fluchend aus der Wohnung stahlen und beschlossen, uns vor dem finalen Antritt der Nachtruhe in irgendeiner Kneipe ordentlich die Kante zu geben.

So zogen wir zu zweit durch das nächtliche Heilbronn, um nach einer langen Wanderung zunehmend zu der Erkenntnis zu gelangen, dass in dieser Stadt nach ein Uhr nachts keine Kneipe mehr zur Verfügung stand, um sich die Kante zu geben. Und auch niemand, den wir hätten fragen können, wie wir eigentlich wieder zurück zur Wohnung von Anna-Lena finden könnten. Nicht einmal dann, wenn wir die Adresse gewusst hätten, was, wie wir nun allerdings feststellten, ohnehin nicht der Fall war. Offensichtlich hatten wir das Zentrum von Heilbronn längst verlassen, eine 24-Stunden-Tankstelle versprach Linderung. Es war eine laue Nacht, also würden wir uns eben noch einen Träger Bier kaufen und dann einfach auf eine Bank an dieser Unterführung setzen und morgen schon irgendwie herausbekommen, wo Anna-Lena wohnte. Zur Not über Peter, dessen Telefonnummern wir immerhin dabei hatten.

Leider hatte der Plan einen kleinen Haken. Denn wie wir nun erfuhren, dürfen in Baden-Württemberg Tankstellen nachts keinen Alkohol verkaufen. Verhandlungen erwiesen sich trotz einer eindringlichen Schilderung unserer Lage als sinnlos und mussten schließlich abgebrochen werden, als die Tankstellenwärterin drohte, die Polizei zu rufen. Kurz überlegte ich zwar, ob die Unterbringung in einer Zelle unsere Situation womöglich verbessere, aber wir beschlossen letztlich, es dann doch beim Park zu belassen.

Bei genauerer Betrachtung dann war es aber doch gar keine so laue Nacht, wie wir in irgendeiner Grünanlage auf unserer Bank feststellten. Im Morgennebel dösten wir schließlich erschöpft ein.

Dass es ausgerechnet Anna-Lena war, die uns auf dem Weg zum Brötchenholen dann am Morgen weckte und erstaunt fragte, warum wir denn hier in der Grünanlage vor ihrem Haus geschlafen hätten und nicht drinnen bei ihr, nahmen wir ebenso kommentarlos hin wie die herzliche Verabschiedung von Peter zum Abschied: »Das war total klasse mit euch gestern, echt! Das machen wir im nächsten Jahr wieder, okay?« Und los ging es, nur sieben Stunden trennten uns noch von Berlin.

Monolog des Veranstalters

Hey, sorry, tut mir leid, bin ein bisschen spät dran. War irgendwie so ein bisschen verpeilt heute, ist echt spät geworden gestern. Mann, das war aber auch 'ne Party, 'n echt cooles Punkkonzert gestern hier, ey, da hättet ihr bei sein sollen. Mann, und heute ihr hier, ey! Finde ich super, dass das geklappt hat, ich glaube, ihr passt total gut hier rein, ganz echt jetzt. Ich meine, eigentlich machen wir hier so was ja gar nicht, also mit Lesen und so, aber mein Kollege, der Martin, der euch gebooked hat ...

— nee, der kann heute leider nicht, der hat irgendwas anderes, weiß ich jetzt auch nicht. Na ja, jedenfalls hat der Martin gesagt, ihr seid echt cool, so was würde hier super reinpassen, der hat euch in Berlin mal bei der Russendisko oder so gesehen, der meinte, das ist total crazy, so richtig schön schräg. Also, cool, dass ihr hier seid, ich glaube, das ist voll unser Ding hier, also auch mal so was Lustiges, ich meine, wir hatten ja auch schon mal den Ingo Oschmann hier, ey, da hat die Luft richtig gebrannt, sag ich euch, die Leute haben sich bepisst vor Lachen. Die sind nämlich schon lustig drauf hier in der Gegend, die Leute. Ihr habt euch ja sicher schon selbst ein bisschen umgesehen, ist doch echt ein cooler Laden ...

— Oh, ist ja noch abgeschlossen. Wieso das denn? Da hätte doch eigentlich die Anna da sein sollen, oh Mann, hatte ich der extra noch gesagt gestern. Ach, ist ja auch egal, ist ja noch früh. Ey, ihr seid überhaupt total früh dran, seid ihr immer so drauf? Strange.

— Ja, wir waren um fünf hier verabredet, aber hey, jetzt

ist gerade mal halb sieben, da ist doch noch massig Zeit, ich meine, ihr fangt doch sowieso nicht vor zehn an ...

– Ja ja, ist für acht angekündigt, aber hey, das ist hier so, die Leute kommen immer 'n bisschen später, das läuft hier alles ganz relaxed. Wobei, da müssen wir eh mal gucken, wie viele da heute überhaupt kommen, also ich meine ...

– ach, wir gucken halt einfach. Ist ja das erste Mal, da kennt euch natürlich auch noch keiner und so, aber cool, dass ihr das macht, das passt hier wirklich voll gut rein. Nur heute ist in Bad Nauheim drüben so 'n voll geiles Konzert, großes Ding ey, das ist natürlich ein bisschen ungünstig gelaufen, da hat der Martin damals nicht dran gedacht, als er euch gebooked hat. Aber so ist das halt, ich meine, ihr seid ja auch das erste Mal hier, da muss man ja erst mal sehen. Wir machen das alles ganz relaxed, ihr seid ja auch eher so entspannte Typen, so wie ich das sehe.

– Mit der Werbung is übrigens leider nicht ganz so gut gelaufen, da hat der Martin die Hinweise wohl 'n bisschen spät ans *N!te* rausgegeben. Aber ich hab der Anna extra noch gesagt, dass die das an die Tagespresse gibt, das lesen hier auch total viele. Hab' aber noch gar nicht nachgeguckt, ob's drin war, ey, das war vielleicht 'n Tag heute, ich bin echt voll in den Seilen gehangen nach dem Konzert gestern, Mann, Mann, Mann, war das 'ne Party.

– So, ihr habt ja noch viel Zeit, richtet's euch schon mal ein hier, da hinten, da in dem Raum hinten am Gang, da stehen die Bänke für die Zuschauer, könnt ja mal sehen, wie viele ihr da aufbauen wollt. Ich meine, wahrscheinlich reichen da ja so fünf oder so, könnt ihr ja ein bisschen verteilen, das sieht dann irgendwie besser aus, aber müsst ihr wissen.

– Ich glaube, in dem Raum da liegen auch noch die Plakate von euch, das ist leider 'n bisschen dumm gelaufen, wir haben da eigentlich so'n Typ, der die immer für uns klebt, aber der ist irgendwie nicht gekommen letzte

Woche, keine Ahnung, aber die könnt ihr ja wieder mitnehmen und woanders gebrauchen.

– Ach so, die hattet ihr jetzt extra beschriftet für heute. Ja, nee, dann könnt ihr die natürlich nicht mehr so gut gebrauchen. Ach egal, dann lasst die ruhig einfach hier liegen, gar kein Problem, wir kümmern uns dann schon drum.

– Ach so, wegen den Mikros, ich weiß auch nicht, irgendwie fehlt da dieses eine Kabel, also, ich versteh da ja nichts von, von dieser Technik, aber ihr seid da ja sicher fit drin. Müsst ihr mal gucken, ob ihr das irgendwie hinkriegt, ist ja auch noch genug Zeit. Und falls nicht ...

– Ey, das geht sicher auch so, wird bestimmt sowieso nicht so voll. Macht einfach mal, das wird schon, und dann müsst ihr mal sehen, wann ihr letztlich anfangen wollt, das ist alles total entspannt hier, ihr könnt ja mal gucken. Ich muss dann auch mal los ...

– Nee, ich kann heute leider nicht, ist echt schade, ich hätte euch voll gern gesehen, aber das ist jetzt wirklich mal blöd gelaufen mit diesem Konzert in Bad Nauheim. Aber ihr kommt ja sicher bald wieder, dann guck ich euch auf alle Fälle an, ey, auf jeden!

– Ach so, wegen Catering, ja genau. Da hinten im Backstage, da steht so'n Kühlschrank, da müsste eigentlich noch alles drin sein, so Brot und Wurst und so, in der Margarineschachtel müsste auch noch was drin sein, könnt ihr alles nehmen, gar kein Problem. Das heißt, na ja, diese Punkband gestern, keine Ahnung, ob da noch ... ach, aber da im Schrank steht auf alle Fälle noch was an Marmelade oder so, müsst ihr mal gucken.

– Wie warm? Echt, das hat der in den Vertrag geschrieben? Ihr habt 'n Vertrag? Na, das müsst ihr dann mit dem Martin klären, ey, aber ist auch kein Problem, da hinten an der Kirche, da ist so 'ne Pommesbude, die ist voll korrekt.

– Ach scheiße, ich bin schon 'n bisschen spät dran, meine Freundin macht dann immer gleich voll Alarm, ihr findet euch schon zurecht, ihr seid ja Profis, ihr wisst ja, wie der Hase läuft. Die Anna kommt dann sicher auch bald und macht die Bar auf und so, ist ja auch noch genug Zeit, und dann müsst ihr mal sehen, ob überhaupt Leute kommen heute, ist ja auch das erste Mal und außerdem Bad Nauheim.

– Ach ja, das noch. Schlafsäcke habt ihr ja sicher bei, oder? Das mit dem Hotel, das hat leider nicht ganz geklappt, der Laden hat zugemacht, und alles andere wär echt zu teuer geworden, ich meine, ihr seid ja auch zu fünft. Aber das ist ganz easy, da hinten, hinter der Bühne, da ist genug Platz, da könnt ihr gut pennen, da ist auch noch so'n altes Sofa, das machen wir jetzt eigentlich immer so. Ey, da haben schon Leute geschlafen, das glaubt ihr nicht! Su-pa, sag ich da nur! Und das ist schon ziemlich cool, wenn nachher noch Disco is, dann braucht ihr da auch gar nicht mehr groß durch den Ort, da könnt ihr einfach bis zum Umfallen saufen und dann direkt da hinten in eure Pooftüten, besser geht's ja gar nicht. Macht's euch einfach gemütlich, ganz wie ihr wollt, die Anna hat auch die Getränkemarken, ich meine, ihr seid ja zu fünft, aber hey, egal, ich leg der Anna 'n Zettel hin, dass jeder von euch *drei* Getränkemarken kriegt, eigentlich sind's ja nur zwei, aber da sind wir ganz locker, ist doch klar.

– So, jetzt muss ich aber los. Ey, das wird bestimmt ein voll cooler Abend, ich hab das so im Urin, das läuft schon, stellt vielleicht doch lieber sechs Bänke auf, na ja, guckt einfach mal.

– Ach so, ein Letztes noch, ich weiß gar nicht, ob Martin euch das noch gemailt hatte, aber das mit den 300 Euro, das ist echt nicht mehr drin, ich meine, der Laden läuft nicht so gut in letzter Zeit, wir machen das ja auch fast alles für lau hier, das ist alles Engagement, alles für die Kultur in diesem Nest, da habt ihr doch Verständnis für, ich meine, ihr könnt hier trinken und pennen und der Laden ist auch echt cool, und hey, wir geben euch hier die Möglichkeit, euch mal auszuprobieren, mal richtig vor Publikum spielen, aber wir müssen eben auch sehen, wie wir über die Runden kommen. Sonst gehen hier bald schon die Lichter aus, ich meine, das könnt ihr ja auch nicht wollen. Das ist hier eben Provinz, das ist nicht so wie bei euch da bei der Russendisko, also bei euch in Berlin.

– Ey, voll cool, dass ihr gekommen seid, ihr seid schon schwer in Ordnung. Echt ein Scheiß, dass ich nicht dabei sein kann, aber beim nächsten Mal ganz bestimmt ey! Und ich hab das so im Urin: Das wird bestimmt ein super Abend! Tschüssi!

Fremdschämen

Ich hätte wohl besser schon misstrauisch werden sollen, als er mir sagte: »Wir fahren dann mal zu mir nach Hause, die Sabine hat auch was für uns gekocht.« Welche Sabine? Und wieso kocht sie was für mich, ich kenne sie doch gar nicht?

Wir waren alte Kumpels, hatten uns ein wenig aus den Augen verloren in den letzten Jahren und wollten uns jetzt mal treffen, wo ich gerade zufällig in seiner Stadt war. Über seine Lebensumstände wusste ich nichts. Ich schloss aus dem Gesagten, dass es sich bei Sabine um seine Frau oder Freundin handeln müsse; aber wie gesagt, es hätte mich misstrauisch machen sollen. Was sind das für Männer, die es bei der Erwähnung eines Frauennamens als selbstverständlich voraussetzen, dass es sich dabei um ihre Geschlechtspartner handelt? Außerdem wollte ich mich eigentlich auf ein Bier mit ihm treffen. Um mit ihm ein bisschen zu plauschen, die alten Zeiten aufleben lassen, zu hören, wie es ihm so geht. Nein, in die Kneipe können wir dann ja später, aber jetzt hat die Sabine für uns gekocht, insistierte er.

So kamen wir also zu ihm nach Hause. Sabine hatte tatsächlich für uns gekocht, aber es hatte ihr offenbar keinen Spaß gemacht. Missmutig rührte sie in einem Topf herum. »Schatz, was gibt es denn heute?«, fragte er, und ich erschauerte. Der Typ ist so alt wie ich und schien mir ganz sympathisch, und nun das. Erstens: Das inflationäre Verwenden von Kosenamen wie »Schatz« selbst bei profansten Dingen bedeutet in aller Regel nichts anderes als ein weit fortgeschrittenes Verwesungsstadium jeder Liebe. Wo »Schatz« so gewöhnlich wird wie »Kochen« oder »Klo putzen«, da ist kein Platz mehr für Leidenschaft und Romantik. Zweitens: »Was gibt es heute?« – Essenmachen ist offenbar so weitgehend ihre Sache, dass er sich dazu im Vorfeld gar nicht mehr äußert, nicht mal, wenn er Besuch erwartet und sie *für uns* kocht. Er erwartet also, dass sie ihn schon so gut kennt, dass sie weiß, was er halt so essen mag, und seine Freunde gleich mit. Sie beherrscht ihren Job. Drittens: »Was gibt es *heute?*« Gestern war es auch so. Und morgen wird es wieder so sein. Mich gruselte. Aber jetzt war es zu spät.

»Setzt euch doch schon mal hin, es ist gleich fertig.« Ein winziger Tisch in einer Einbauküche. Ein Herd mit irgendwelchem Leuchtgedöns. Ein kombiniertes Grill-Backofen-Mikrowellengerät. Ein Kaffeeautomat. Ein Töchterchen kam angerannt, vielleicht drei Jahre alt. Die kommt in einen Kinderstuhl, wir setzten uns an den winzigen Tisch, Sabine tut auf. Er guckte etwas skeptisch auf seinen Teller. »Aber Schatz« – er sagte es schon wieder! – »das ist ja Gemüseeintopf. Du weißt doch, dass ich das nicht so toll finde.« Sie sah ihn eisig an: »Aber es ist gesund!« Ich sehnte mich nach einer Kneipe und nach Käsespätzle, wollte mir aber nichts anmerken lassen und piekte ein bisschen in dem Zeug herum. Ich spießte eine Möhrenscheibe auf und führte sie zum Mund. Ich hoffte die Situation etwas zu entspannen, auch wenn ich mir ziemlich bescheuert vorkam, als ich ausrief: »Och, das ist aber lecker«, während ich auf der Möhre herumkaute, die eben nach etwas ausgekochter Möhre schmeckte. Sie funkelte mich grimmig an. Gut, ich hatte verstanden, »lecker« war hier keine Kategorie, um die es ging. Salz und Gewürze waren wohl auch gerade alle. Offenbar verstand sie Kochen nicht als die Kunst, etwas möglichst schmackhaft herzurichten, sondern es möglichst widerstandslos aufnahmefähig zu machen. Ich dachte an meinen Freund Gerhard, der immer, wenn er Gemüsesuppe macht, das Gemüse ordentlich durchkochen lässt, alles fein abschmeckt, dann mit einem Netz das gesamte Zeugs aus dem Topf fischt und direkt in die Biotonne gibt, um anschließend vor dem Servieren frische, noch wohlschmeckende Zutaten hineinzuschneiden. Ich starrte auf meinen Teller. Ein Broccoli-Röschen zerfiel in Kohlenstoffketten, als ich es anstieß.

»Willst du ein Bier?«, fragte er mich, und ich stimmte gerne zu, während sich ihre Miene verfinsterte. Als er mit den Flaschen wiederkam und eingoss, machte sie ihrem Unmut Luft: »Du wirst noch dicker werden!«

»Ach was, ich nehme schon bald wieder was ab.«

»Das versprichst du mir seit Monaten, Liebling!«

Sie betonte das Wort »Liebling«, wie andere Menschen »Arschloch« sagen. Ich zerdrückte ein Kartoffelstück mit meiner Zunge am Gaumendach. Er hatte ungefähr meine Größe und wog geschätzte 30 kg weniger als ich. Trotzdem schien sie mich zu übersehen und warf ihrem Lebensabschnittsgefährten giftige Blicke zu. »Du wirst immer unattraktiver! Wenn du mich nicht hättest, würdest du doch längst keine mehr abkriegen«, zischte sie. Sollte ich das schon als persönlichen Affront auffassen? Nein, sie interessierte sich dermaßen überhaupt nicht für meine Anwesenheit, dass es ihr wohl tatsächlich nicht auffiel, wie grotesk die Vorwürfe an ihren magersüchtigen Freund in meiner Anwesenheit wirkten. Bislang hatte er versucht, die Situation mit aufgesetzter guter Laune zu überspielen, aber allmählich schien es ihm zu reichen: »Dann guck dir mal deinen Kater an. *Der* ist fett und unattraktiv, weil du ihn ständig vollstopfst!« Dabei deutete er auf etwas auf dem Sofa, was ich für ein dickes Kissen gehalten hatte. Aber tatsächlich, da waren kleine, unauffällige Beinchen dran. Sie schnappte nach Luft. Das hatte offenbar gesessen.

Nun war fraglos ich derjenige, der mit all dem nichts zu tun hatte und dem all das herzlich egal sein konnte. In spätestens einer Stunde würde ich dieses private Internierungslager, diesen Gulag des guten Lebens, wieder verlassen und als freier Mann nach draußen gehen können, in die wirkliche Welt. Mein einsames Hotelzimmer erschien mir schon jetzt wie die Versprechung eines Ortes voll ausgelassener Heiterkeit und Sinnenfreude. Dennoch war ich offenbar der Einzige, dem das Ganze hier peinlich war. Warum bloß?

Ich hasse dieses Fremdschämen. Wenn ich im Fernsehen auf eine dieser Erniedrigungsshows stoße, auf Dieter Bohlen oder dicke Bauern mit bullschen Frauen, oder wenn bei einer unserer Lesebühnenveranstaltungen ein Zuschauer auftaucht, der meint: »Ach, so 'ne kleine Geschichte schreiben und vorlesen, das kann ja so schwer nicht sein, das mach ich jetzt auch mal«, und der das dann auch mal macht, und dann klingt es natürlich auch so wie von jemand, der das dann auch mal macht – grundsätzlich bin ich es, der sich in Grund und Boden schämt, der sich geradezu physisch unwohl fühlt. Nie sind die es. Eine große Ungerechtigkeit.

Und ich habe es immer schon gehasst, in die Beziehungskonflikte anderer zu geraten. Die sehen sich jeden Tag, schon morgens beim Frühstück und abends beim Fernsehgucken und nachts im Bett, ich kann verstehen, dass das nervt, aber sie hätten doch wirklich genug Zeit, um ihre Streitigkeiten unter sich auszutragen. Aber das reicht ihnen vermutlich lange schon nicht mehr. Sie brauchen Publikum.

Das Töchterchen kommt an den Tisch und wedelt mit einem Bilderbuch herum. Dankbar ergreife ich die Gelegenheit, murmele etwas von »satt«, gehe mit der Kleinen zur Couch, kugele die Katze vom Polster und blättere das Bilderbuch durch. Es zeigt Alltagsszenen. Eine junge Frau mit Einkaufswagen im Supermarkt. Die Kleine deutet begeistert darauf: »Da! Die Mutter kauft für die Familie ein!« Ich reibe mir die Augen und gucke nochmal hin. Nee, keine Frage, einfach eine junge Frau, die einkauft, mehr ist da nicht zu sehen. Da hat die Indoktrination ja schon ordentlich gewirkt. Sie zeigt auf einen Mann auf der Straße: »Da! Der Vater geht zur Arbeit!«

Vom Küchentisch tönt es: »Und trink nicht so viel heute Abend mit deinem Kumpel, du schnarchst sonst wieder so!«

Viel ist hier nicht mehr zu retten, das ist mir klar. Was soll's also? Ich flüstere der Tochter ins Ohr: »Quatsch, guck doch mal, die hat doch nur Dosen in ihrem Einkaufswagen. Die ist einsam und muss von ekligen Fertiggerichten leben.« Die Kleine guckt mich erstaunt an. Ich fahre fort: »Und die Geschäfte haben doch schon geöffnet, es muss also schon spät sein. Der Mann ist also arbeitslos, der läuft nur sinnlos draußen rum, weil er's zu Hause nicht aushält.«

Die Kleine ist jetzt sichtlich irritiert. Sie mag es nicht glauben: »Da! Der Mann geht arbeiten!«, beharrt sie. »Ach was, arbeiten«, versuche ich, sie zu überzeugen, »guck mal, es ist mitten am Tag, und die Leute spazieren einfach über die Straße. Die haben alle nichts zu tun! Die müssen höchstens zum Arbeitsamt!« Ich deute auf die Tasche, die der Mann trägt: »Siehst du? Da hat er seine Schnapsflasche drin. Der geht sich jetzt betrinken, weil er es sonst nicht aushält! Und zu Hause darf er nicht, weil ihn sonst seine Frau beschimpft und rausschmeißt. Das kennst du doch von deiner Mama, oder?« Die Kleine guckt mich an, überlegt kurz, dann plärrt sie laut los. Ich hebe sie hoch, drücke sie der Mutter in den Arm und sage, dass es jetzt langsam Zeit für mich sei, zu gehen. Ich sei außerdem müde, ich würde direkt ins Hotel wollen. War schön, mal wieder einen Abend mit dir zu verbringen, sage ich dem alten Kumpel noch, bevor ich im Treppenhaus entschwinde. Ich atme auf, als ich endlich draußen bin. Vielleicht kümmern sie sich das nächste Mal ja um ihre Gäste.

Gedanken in der Nacht vor der Geburt

Alles wie gehabt. Vor der Geburt unseres ersten Kindes war es dasselbe Spiel, da wurden uns dramatischste Änderungen unseres Lebens prophezeit. Ach was: Leben – das könne man dann im Prinzip gar nicht mehr so nennen. Zu unserer Erleichterung blieb dann unterm Strich alles aber doch ganz angenehm, wir fanden sogar richtig Spaß an der Sache, sodass wir uns bald zu Kind Nummer zwei entschlossen.

Und wieder klangen uns dunkelste Prophezeiungen entgegen: »Ein Kind ist noch Hobby, beim zweiten wird es Arbeit«, »mit dem zweiten Kind verdoppelt sich die Arbeit nicht, sie steigt exponentiell an«, »erst mit zwei Kindern weiß man überhaupt, was es heißt, Eltern zu sein« usw. Die Botschaft ist klar: Das Leben, so wie wir es bisher kennen, ist ab dann aber wirklich mal vorbei.

Das ist auf eine gewisse Art ganz beruhigend, nährt es doch unsere Hoffnung, dass es mit dem zweiten Kind genauso nett und entspannt werden könnte wie mit dem ersten. Beziehungsweise hoffentlich sogar noch entspannter. Nach den etwas dramatischen Geburtsumständen beim ersten Durchgang haben wir uns nun diesmal gleich zum Kaiserschnitt entschlossen. Meine Freundin argumentierte, dass sie keine Lust habe, wieder zwölf Stunden vor sich hin zu pressen, während irgendwelche Hebammen die ganze Zeit etwas von der Großartigkeit des Geburtserlebnisses faseln, und das Geburtserlebnis besteht dann doch letztlich im Absacken der Herztöne des Babys und einer Not-Operation, da könne sie sich diesmal auch gleich aufschneiden lassen. Ich persönlich schätze es ja eigentlich nicht so sehr, wenn wildfremde Menschen meiner Freundin den Bauch aufschneiden und in ihrem Inneren herumwühlen, aber in diesem Fall will ich mal nicht so sein. Zumal, wie Freund und Arzt Jakob Hein mir versichert hat, ein geplanter Kaiserschnitt in einer spezialisierten Klinik im Grunde »reinstes Ballett« sei. Vermutlich deshalb dürfen wir auch unsere eigene Musik für die OP mitbringen. Die wird dann morgen gespielt, während sie unser Kind herausschnitzen. Ich kann dann mit dem Fuß dazu im Takt wippen. Meine Freundin leider nicht, wegen der Rückenmarksnarkose. Aber was wäre der passende Soundtrack? Zur Narkose: »You Take My Selfcontrol«? Danach dann: »Lady In Red«? »Life Is Life«? »Smells Like Teen Spirit«? »I Want To Break Free«? Und beim Zunähen dann: »Wrap Her Up«? Beziehungsweise: »Zieh den Kreis nicht zu klein«?

Ach, ich glaube, wir lassen das mit der Musik lieber. Sinnloses Hintergrundgedudel wird der Kleine in seinem Leben noch genug ertragen müssen, da muss man ja nicht gleich am ersten Tag mit anfangen.

Anschließend noch ein paar Tage Schonzeit, die die beiden im Krankenhaus verbringen, dann kommen Freundin und Kind nach Hause. Und dann geht alles wieder von vorne los: Das Schreien und Nuckeln und Windeln und Nachtsaufstehen und, und, und.

So ist es halt. Mir macht das nichts aus.

Ein neues, junges Leben kommt zu uns ins Haus. Das ist schön.

Trotzdem bekümmert mich der Gedanke, dass damit das Leben, so wie wir es kennen, tatsächlich endgültig zu Ende sein wird. Denn der Einzug des zweiten Kindes, das ist definitiv der Moment, wo das eigene, langsame Sterben unwiderruflich beginnt. Viele ängstigen sich vor dem

30. und dann wieder vor dem 40. Geburtstag oder vor dem ersten grauen Haar oder davor, zum ersten Mal in der U-Bahn von den Türken-Kids gesiezt zu werden – alles Quatsch. Das ist immer nur zunehmende Reife.

An diesem Wochenende haben wir die ganzen alten Babysachen aus den Kisten geholt und wieder in den Schrank geräumt. Das war sehr rührend, ein Moment der Erinnerung und der Vorfreude zugleich.

Letztlich aber vor allem eine letzte Vitalisierungsspritze, ein letztes Aufbäumen vor dem eigenen endgültigen Verfall. Nicht, dass unser Leben sich mit einem zweiten Kind dramatisch ändern würde, wie die anderen Elternveteranen uns drohen, die doch nur eine Rechtfertigung dafür suchen, dass sie zu bequem geworden sind, noch irgendwas zu machen, nicht das also ist das Problem. Sondern dass unser Leben sich mit dem zweiten Kind final dem Ende zuneigt. Trotzig recken wir dem Tod noch einmal die niedlichen kleinen Strampelanzüge, die Handschühchen und Schlafsäckchen und Mützchen und Bommelchen und Bärchen und Häschen entgegen.

Aber wir wollen kein weiteres Kind mehr. Es soll das Letzte sein. Und das ist gleichbedeutend mit dem Anfang von unserem Ende.

Von jetzt an ist jede Kiste mit Kleidern, aus denen der Kleine herausgewachsen sein wird, unwiederbringlich nutzlos. Die muss nicht mehr in die Abstellkammer. Die muss weg. Kann zu anderen jungen Eltern, die alles noch vor sich haben. Mit jeder Kiste, die erst in den Keller und dann aus dem Haus gebracht wird, wird auch ein bisschen von uns abtransportiert. Wir werden sie nicht mehr brauchen. Nie wieder.

Bis hierher konnte immer noch etwas wirklich wesentlich Neues im Leben beginnen. Auszug, Studium, Wahl von Berufen und Frauen, schließlich: Kinder. Was aber soll danach noch substanziell Neues geschehen? Wir könnten umziehen? Na toll, die Kisten vom letzten Mal sind noch nicht mal alle ausgepackt, das wäre ja mal was völlig anderes. Nach fünf Büchern jetzt das sechste schreiben? Huch, wie aufregend. »Liebling, um die Ecke hat ein neuer Italiener aufgemacht« – geh weg.

Ab jetzt wird nur noch abgewickelt. Es nimmt seinen vorgezeichneten Gang: Die Kinder werden größer und hässlicher und unfreundlicher und dann gehen sie aus dem Haus, und dann reicht uns auch eine kleinere Wohnung und schließlich eine kleinere Konfektionsgröße und eine kleinere Portion beim Essen und eine kleinere Menge zum Betrinken und dann ist es aus. Von jetzt an geht es nur noch in eine Richtung – in Richtung Grab. Man muss den Tatsachen ins Gesicht sehen.

Aber vorher gehen wir jetzt erst mal noch mal gebären. Morgen früh nämlich. Vielleicht sollten wir doch Musik mitnehmen. »Requiem«, das wäre vielleicht passend.

Aus dem Tagebuch eines jungen Vaters

2.20 Uhr: Neues Kind schreit. Freundin stellt sich tot. Das kann ich auch. Mal sehen, wer länger durchhält.

2.22 Uhr: Neues Kind hat gewonnen. Freundin steht auf, macht Milch. Ich richte mich mühsam auf, hole Neues Kind ins Bett und bringe uns in Position. Freundin bringt Milchfläschchen. Gar nicht so einfach, mit schlafverklebten, nur millimeterspaltgeöffneten Augen das winzige Mündchen mit dem Plastiknippel zu treffen. Neues Kind schreit nach dem zweiten Fehlversuch noch empörter. Soll doch froh sein, dass ich ihm den Nuckel nicht ins Auge gerammt habe.

2.24 Uhr: Neues Kind schreit empört, weil ich beim Wegdämmern die Flasche nicht fest genug gehalten habe. Justiere nach.

2.27 Uhr: Neues Kind schreit empört, weil ich eingeschlafen bin, Flasche nicht mehr im Zielgebiet. Starte zu einem neuen Angriff. Sicheres Dribbling im Halbschlaf. Los, mach das Ding rein, versenk es, Mann! Ja! Etwas unter die Latte gesetzt, aber es ist drin. Höre überraschtes Glucksen, dämmere sofort wieder weg.

2.30 Uhr: Schrecke hoch, wo bin ich? Ah. Jetzt ist Neues Kind beim Nuckeln eingeschlafen. Schüttle es etwas, es nimmt seine Saugaktivitäten sofort wieder auf, nach kurzem empörten Schreien.

2.35 Uhr: Neues Kind schreit wütend. Es ist satt und will keinen Plastikknippel mehr im Mund. Lockere meinen Pressgriff. Gut, das wäre geschafft. Jetzt noch das Bäuerchen. Neues Kind geschultert, beginne zu klopfen. Klopfe. Klopfe. Klopfe. Schüttle. Klopfe. Schüttle, schüttle, schüttle. Neues Kind schreit empört. Klopfe. Verdammt, nun mach endlich. Neues Kind grunzt, gurgelt, ein großer Schwall warmer weißer Masse ergießt sich über mein T-Shirt und das Neue Kind. Sehr gut, Bäuerchen ist draußen. Will mich gerade schön in den weißen, warmen Sud auf der Matratze einkuscheln, da schreit Neues Kind, es hat Hunger, es ist ja wieder leer jetzt. Freundin flucht irgendwas, macht neue Milch.

2.55 Uhr: Flasche leer, Bäuerchen, Milch bleibt drin, endlich. Neues Kind in Wiege, erlöstes Wegdämmern.

3.30 Uhr: Altes Kind ist wach geworden und jammert nebenan in seinem Bett. Ich stelle mich tot. Freundin rührt sich nicht. Mal sehen, wer länger durchhält.

3.36 Uhr: Gehe ächzend rüber zu Altem Kind. Flüstere: »Was ist denn, mein Schatz?« Altes Kind sagt: »Geh weg! Lass mich in Ruhe! Mama soll kommen!« Gehe weg, lasse es in Ruhe und sage Mama, dass sie kommen soll. Mama sagt schlimme Sachen, die ich aber gar nicht mehr richtig höre, weil ich wegdämmere.

4.10 Uhr: Freundin kommt zurück ins Bett, torkelt gegen Wiege, Neues Kind wird wach und schreit. Ich stelle mich tot. Freundin auch. Mal sehen, wer länger durchhält.

4.20 Uhr: Guck an. Neues Kind gibt auf und schläft wieder ein. Ha! Mit triumphierendem Lächeln weggedämmert.

7.05 Uhr: Träume, dass das Haus einstürzt und ich unter einer zusammenbrechenden Wand begraben werde. Unschön, so eine Ziegelwand, und jeder Stein bricht wie im Comic raus und fällt mir auf den Kopf und tut höllisch weh. Schrecke auf. Kurze Orientierungsphase. Aha. Altes Kind möchte etwas vorgelesen bekommen. Es verleiht seinem Wunsch dadurch Ausdruck, dass es »das Große Vorlesebuch, 50 Geschichten für Kinder zwischen 3 und 4« in rhythmischen Abständen mit beachtlicher Kraftanstrengung auf meiner Stirn aufschlagen lässt. »Aufstehen! Vorlesen!«, kräht es jetzt, als es sieht, dass ich endlich die Augen öffne.

7.10 Uhr: Die Geschichte vom Feuerwehrauto, das kommt, um Öl vom Badesee abzupumpen. Nach halber Seite: »Nein! Andere Geschichte!« Geschichte vom braunen Schaf Schoko, das so gerne geschoren werden will. Nach halber Seite: »Nein! Andere Geschichte!« Geschichte vom König, der nie lachen konnte, weil ... »Nein! Andere Geschichte!« »Ach, geh doch zur Mama.« Mama grunzt etwas sehr Unfreundliches, aber Kind befolgt meinen Ratschlag. Freundin wird von altem Kind zum Legospielen abkommandiert. Schwache Proteste, letztlich vergeblich. Ich atme erleichtert auf, als sie ins Kinderzimmer gehen. Wertvolle Minuten gewonnen, döse sofort wieder ein.

7.25 Uhr: Fünfzehn wertvolle Minuten. Neues Kind schreit. Na ja, eh langsam Zeit, aufzustehen.

7.40 Uhr: Freundin will duschen, sagt, ich soll übernehmen und mit Altem Kind spielen. Gehe zu Altem Kind. Frage: »Na, was sollen wir spielen?« Altes Kind sagt:

»Geh weg! Lass mich in Ruhe! Mama soll kommen!«
Zum Glück schreit Neues Kind. Das ist das gute an zwei
Kindern: Wenn das eine nicht taugt, hat man immer noch
eines in Reserve.

7.45 Uhr: Während ich Neues Kind schaukle, kommt
Altes Kind und beklagt sich, dass ich nicht mit ihm spiele. Sage ihm, es hätte mich weggeschickt, sehr unhöflich
sogar, und habe gesagt, dass es nicht mit mir spielen
wolle. Doch, sagt Altes Kind, ich solle das Neue mal
schön in sein Körbchen legen und stattdessen mit ihm
spielen. Eisenbahn nämlich. Neues Kind gibt halbwegs
Ruhe, also gut. Lege es ab, gehe mit Altem Kind in sein
Zimmer, setze mich auf den Boden und spiele mit: Eisenbahn. Erwische offenbar den falschen Zug. »Den
nicht!«, kreischt Altes Kind. Nehme einen anderen. »Den
nicht!«, kreischt Altes Kind. Neues Kind fängt erneut an
zu schreien. Gehe erleichtert wieder rüber.

Jetzt könnte man natürlich, wenn ich das so erzähle, fragen, warum um Gottes Willen man sich so etwas antut.
Wobei sich die Frage natürlich hinterher eigentlich kaum
noch stellt, wenn man nicht sehr viel Platz in der Tiefkühltruhe oder sehr große Pflanzentöpfe auf dem Balkon
hat. Wenn ich aber jetzt die skeptischen Blicke junger
Menschen sehe, die sich fragen, ob sie das wirklich wollen, so ein Kind, dann aber sage ich mit Nachdruck: natürlich! Es ist ganz wunderbar! Es ist ... na ja, irgendwie
schwer zu vermitteln, aber es ist ganz großartig! Ein einzigartiges Erlebnis! Nehmen wir zum Beispiel den
Abend. Irgendwann, selbst wenn man zwischenzeitlich
gezweifelt hat, dass das jemals gelingen könnte, irgendwann sind beide Kinder, Neu und Alt, in ihrem Bett beziehungsweise Korb und schlafen. Sie schlafen mit diesen niedlichen Kinderköpfchen und diesem herzzerreißenden Kinderschnorcheln ganz süß an ihre Kinderkuscheltiere geschmiegt, sie schlafen wie zwei kleine Kin-

derengel, es ist ein unbeschreibliches Gefühl, dieser letzte Blick in das Zimmer nachts, bevor man selbst ins Bett wankt.

Gerührt stehe ich vor dem Bettchen des Alten Kindes, streichle ihm sanft durch das feine Haar, berühre zart diese unglaublich weiche Haut und hauche ein glückstrunkenes: »Schlaf gut, mein Schatz!« Altes Kind macht kurz Augen auf, sagt: »Geh weg! Lass mich in Ruhe! Mama soll kommen!«, wendet sich ab und schläft ein. Neues Kind fängt an zu schreien. Ein Blick auf die Uhr. 2.20 Uhr. Auf ein Neues.

Laut gegen Nazis

»Vergiss es!«

Ich war stolz auf mich. Eine meiner größten Schwächen ist, nicht »nein« sagen zu können. Ich kann's einfach nicht. Wäre ich eine Frau, ich würde ständig in fremden Betten landen. Ich aber bin ich, ich lande deshalb ständig auf fremden Bühnen. Egal, wie absurd die Bedingungen und wie abwegig der Ort. Diesmal allerdings waren die Bedingungen sogar mir zu absurd und der Ort zu abwegig: Ich sollte in Cottbus lesen. Beim Festival »Laut gegen Nazis«. Open Air. Vor dreitausend Zuschauern. In den Umbaupausen der dort auftretenden Grunge-Rock-, Indie-Pop- und Speed-Reggae-Bands. Exakt einen Tag nach meiner Rückkehr von einer zweimonatigen Tour durch die nordamerikanische Wüste.

»Vergiss es!«

»Aber ich hab dich neulich gesehen, als du mit Ahne gelesen hast, das war spitze, du würdest da echt super reinpassen!«

»Du meinst: zwischen Harthof und Royal Republic?«

»Na ja, einfach zum ganzen Festival. Du liest zwischen den Bands ein paar antifaschistische Texte vor und moderierst noch so ein bisschen. Das passt super.«

»Was denn für antifaschistische Texte?«

»Na, die du neulich auch gelesen hast.«

»Du meinst dieses langsame 15-Minuten-Stück, in dem mich ein paar Migrationshintergründler anquatschen und behaupten, sie überfallen mich, und am Ende passiert halt nichts? Das soll ich vor dreitausend aufgepeitschten, tanzwütigen, wahrscheinlich betrunkenen Jungcottbussern vorlesen?«

»Das passt super, glaub mir.«

»Auf keinen Fall. Ich bin ein uncooler, alter, elitärer Typ, der als Jugendlicher weder Punk noch Rock, sondern Reinhard Mey gehört hat, und es ist nicht besser geworden seither, glaub mir. Frag doch Ahne, der kann so was.«

»Wir finden dich aber besser als Ahne.«

Okay, er hatte mich. Und was soll schon sein, dachte ich. Er wird ja wohl wissen, was er da macht. Was weiß ich denn schon über die Ost-Jugend. Man liest ja so viel über die Sehnsucht im Volk nach den erfahrenen Silberrücken. Ich meine, wenn die SPDler sich jetzt schon Peer Steinbrück zurückwünschen und die Grünen Joschka Fischer, warum sollten die jungen Cottbusser Antifaschisten nicht mich wollen? Ich sagte also zu.

Bald darauf bekam ich eine Bestätigungsmail der Veranstalter, Atze und Titte. Atze und Titte. Jetzt war ich fast ein bisschen gerührt. Das würde schon schön werden. Dann vergaß ich die Sache wieder.

Irgendeine dieser langen Fahrten durch den amerikanischen Südwesten – die wüsten, lebensfeindlichen Landstriche erinnerten mich an etwas. Ach ja: Cottbus. Ich rekapitulierte nochmals kurz die Informationen, die ich hatte. Und kam zu dem Schluss: ach du Scheiße.

Bald darauf schickte Titte mir eine Mail nach Arizona. Darin Informationen über die Bands, die ich anzusagen hatte. »Royal Republic aus Malmö sind laut, funky und angetreten, ganze Paläste in Schutt und Asche zu legen!« Oha. Auch dabei: »Leo hört rauschen«. Über sie erfahre ich: »Die Kapelle der Nation wechselt ihre verschlissenen Gewänder und bleibt euch lang vertrauter Freund. Bereit, die Feinde unserer Zeit zu stürzen und euch verdient zum Räuber zu schlagen.« Das wird ja leicht anzumoderieren sein. Und nicht zu vergessen Harthof: »Schnell werden Erinnerungen an The Wohlstandskinder wach, manch einer will auch die Killerpilze oder die Donots heraushören.« Erinnerungen an The Wohlstandskinder, so, so. Die Erkenntnis drang allmählich zu mir durch: Ich hatte ein Problem.

Ich schickte eine Mail an den Kollegen und Brauseboys-Gründer Nils Heinrich. Ich sprach von meiner fortschreitenden geistigen Verwirrung und meiner Nein-Schwäche, ich legte die Karten also auf den Tisch. Antwort kurze Zeit darauf: »Jau, das kriegen wir schon hin.« Das zeichnet einen Freund aus. Ich fühlte mich erleichtert. Wenigstens würde ich mich nicht alleine zum Deppen machen.

Als wir in Cottbus ankamen und auf das Festival-Gelände traten, war alles bereit. Bier- und Cocktailstände, eine große Bühne, viel Technik, das ganze Programm. Einzig: Von Besuchern keine Spur. Es war halb sieben, um Punkt sieben sollte es losgehen. Also: mit dem Programm. Nun ja, die Menschen im Osten sollen ja sehr pünktlich sein, vielleicht kommen alle dreitausend halt auf die Minute genau. Titte erwies sich als der freundliche Mensch, als den ich ihn mir vorgestellt hatte. Auf meine Frage, wie er sich das denn jetzt genau vorstelle mit unseren Texten und Moderationen, antwortete er mit einem souveränen: »Ach, macht einfach, das passt schon.«

Um sieben musste es losgehen, weil exakt um zwölf wiederum Schluss sein würde, mehr hatte das Ordnungsamt von Cottbus nicht genehmigt. Wahrscheinlich alles Nazis dort.

Ich trat also auf die Bühne und schaute ratlos über den leeren Platz. Was soll's, dachte ich. Ich moderierte also los, und verdammt, es war vielleicht die beste Moderation meines Lebens. Schade, dass niemand sie hörte, außer Nils, der einsam auf dem riesigen Platz vor der Bühne stand und sich offenkundig bestens amüsierte, sowie der Band, die traurig an der Treppe hockte. Ich forderte das gesamte Publikum auf, vor die Bühne zu treten. Das war doch schon mal ein Hammerwitz. Nun konnten Harthof beginnen. Sie taten mir leid. Titte auch. Vielleicht sind die Cottbusser einfach nicht gerne laut? Oder nicht gegen Nazis?

Nach einer knappen Stunde beendeten Harthof ihr Set, inzwischen waren doch ein paar dutzend Leute eingetroffen. Tja, nun, dann lese ich halt mal was vor. Meine Sorgen erwiesen sich als grundlos, die jungen Leute lauschten aufmerksam und klatschten wohlwollend. Gut, nun also »Leo hört Rauschen«. Inzwischen war es dunkel geworden, und plötzlich strömte eine beachtliche Menschenmenge auf den Platz. Eine Menschenmenge in erkennbar fortgeschrittenem Alkoholisierungsgrad, Nils nuschelte etwas von »Vorglühen«, der kennt sich aus mit den Bräuchen im Osten, der ist ja einer von denen. Trotzdem verlief auch unser zweiter Leseeinsatz erfreulich, nur eine Gruppe Betrunkener torkelte etwas arg lautstark vor der Bühne herum.

Und nun »Nosliw«. Nosliw war mal Hiphopper aus Bonn, nun ist er Reggae-Musiker und, wie ich erstaunt feststelle, offenbar durchaus bekannt, das Publikum feiert ihn. Und er bietet ihnen ordentlich was. Mit seiner Musik kann ich nichts anfangen, aber der Erfolg ist eindrucksvoll. Zum Ende seines Sets heizt er der inzwischen tatsächlich auf weit über tausend Leute angewachsenen Masse noch mal kräftig ein mit seinem Hit »Laut gegen Nazis«. Der geht so: Reggae-Klänge, er tänzelt über die Bühne, dann der Refrain »Nazis rau-au-au-au-au-aus / haltet's Maul / ihr kleinen Faschos und Rassisten / könnt euch alle mal verpissen – gehn«. Die Menge ist begeistert, sie johlt und brüllt und wabert und jubelt, sie will Zugaben. Tja, aber nun stehe halt ich auf dem Plan. Um eine Geschichte vorzulesen. »Passt schon«, sagt Titte. Ich zucke mit den Schultern und gehe los, dabei sehe ich noch, wie Nils sich mit dem Finger an die Stirn tippt. Ich stelle mich auf die Bühne, halte meine Zettel hoch und versuche es erst mal mit Ironie: »Nach der schwungvollen Musik seid ihr jetzt sicher alle in der richtigen Stimmung für ein bisschen Literatur.« Die Reaktion des Publikums verrät mir, dass Ironie vor inzwischen tatsächlich dreitausend jungen, vorgeglühten bis betrunkenen Cottbussern um 23 Uhr auf einem Open-Air-Rock-Konzert vielleicht nicht das Mittel der Wahl ist. Der verständigere Teil der Zuschauer flüchtet Richtung Getränkebuden, ein paar gucken interessiert zu mir hoch, der Rest beginnt irgendwelche Sprechchöre. Aber so blöd bin ich nun auch nicht, jetzt wirklich eine ruhige Geschichte zu lesen, ich wähle einen Schrei-Text und lege los. Der Lärm unten ist erheblich, aber ich kann ziemlich laut schreien, wenn es sein muss. Zwischendurch versuche ich, die Sprechchöre zu verstehen. Ah, ich glaube, jetzt habe ich's: Die einen rufen: »Aufhören!«, die anderen: »Halt endlich's Maul!« Na also, wusste ich doch, dass ich sie kriege. Ich lege noch etwas zu an Tempo und Lautstärke, nun meldet sich der Techniker über die Boxen zu Wort. Ich solle doch bitte nicht so laut ins Mikro schreien. »Sind wir hier laut gegen Nazis oder nicht?«, gebe ich zurück, das Publikum ruft immer lauter »Maul halten! Maul halten!«, ich schreie sie an: »Ihr seid doch selbst alle Nazis!« Ich brülle weiter im Text, über den Lärm hinweg, bis der letzte Absatz erreicht ist, geschafft.

Nils übernimmt nahtlos, in den Tumult hinein brüllt er: »Gebt mir ein D«, ich schaue verblüfft zu ihm, aber die Masse ist gut im Training und ohnehin in Gröl-Laune, ein vieltausendfaches »D« dröhnt uns entgegen, vielleicht ist es auch nur sein Ost-Karma, wie auch immer, er macht weiter: »Gebt mir ein A« – »A!« – »Gebt mir ein R« – »R!« – »Gebt mir ein M!« – »M!« – »Gebt mir ein Verschluss« »Verschluss!« Nils grinst: »Was haben Nazis?« »Darmverschluss!«, jubelt die Menge, und schon beginnt er, übers Angeln zu rappen, alle johlen mit: »Fischers Fritz fängt frische Fische«. Nazis raus, Darmverschluss, Fischers Fritze – alles egal, ich weiß schon, warum mir große Menschenmengen immer suspekt sind. Danach geht der ganze Lärm im Wummern von Royal Republic unter, wir haben unseren Job erfüllt und verabschieden uns bei Titte.

»Na siehste«, klopft der mir noch jovial auf die Schulter, »hat doch gepasst. Wusst ich doch.«

Zimmer frei

Dr. Tobias Schuhmacher aus Stuttgart stand bereits auf
dem Parkplatz am Hauptbahnhof Homburg. Na also, alles
klappte reibungslos. Ich stieg ein, und los ging es durch
grüne Hügel Richtung Rohrbach an der Saar, einem Vorort von Sankt Ingbert an der Saar, im Herzen des Saar-
landes. Eine fremde, geheimnisvolle Welt. Vermutlich
war es unsere großstädtische Arroganz, dass wir annah-
men, wir bräuchten nur in Rohrbach einzufahren und
würden unser Hotel finden. Wir fanden es nicht. An einem kleinen Platz stand ein Polizeiwagen. Ich stieg aus
und fragte den Polizisten darin nach der Mühlenklause.
Der antwortete freundlich:
»Aschdfasmdfhasdfkjschjemm.«
»Wie bitte?«
»Aschdfasmdfhasdfkjschjemm.«
Irritiert starrte ich ihn an. Ein betrunkener Polizist in
Uniform im Polizeiwagen am hellichten Tag? Die Polizei
als Beschäftigungsmaßnahme für Schwerstsprachgestör-
te, um ihnen eine erfüllteres Leben zu ermöglichen? Oder
war das – Saarländisch?
»Aschdfasmdfhasdfkjschjemm.«
Ich rief nach Tobias. Der kommt aus Schwaben, der ist
unverständliches Zeug gewohnt. Der Polizist erkannte
meine Irritation, mit freundlichem Gesichtsausdruck
kramte er seine gesammelten Fremdsprachenkenntnisse
zusammen, dann kam so etwas Ähnliches wie Deutsch
über seine Zunge. Genug jedenfalls, uns den Weg zur
Mühlenklause zu weisen.

Die Mühlenklause sah aus wie eine finstere Eckkneipe. Wenig Licht drang in den holzvertäfelten Raum, ein Gast hockte an seinem Tisch hinter einem Bierkrug, ein älterer, vom Leben gezeichneter Herr, der starr in die Luft schaute. Sonst war niemand zu sehen.

»Guten Tag«, grüßte ich höflich, »wir haben ein Zimmer hier reserviert. Wo ist denn bitte die Rezeption?«

Der ältere Herr sagte kein Wort, aber musterte uns misstrauisch. Nach einer kurzen Weile schien er uns als vorläufig ungefährlich einzuschätzen, ächzend und offenkundig wenig erbaut über diese Störung seines Tagesablaufs erhob er sich von seinem Tisch und schlurfte zur Theke. Wir waren kurz überrascht, dann ging uns auf, dass der Herr wohl kein Gast, sondern der Hotelier war, denn nun zog er ein Buch aus einer Schublade und schlug es unwillig auf. Er studierte stirnrunzelnd darin, beäugte uns erneut, guckte nochmals ins Buch, dann sagte er:

»Aschdfasmdfhasdfkjschjemm.«

Ach, scheiße. Welcher Idiot bei der Arbeitsgemeinschaft Leguane der Deutschen Gesellschaft für Herpetologie und Terrarienkunde hatte bloß vorgeschlagen, sich jedes Jahr woanders zu treffen? Weil es so wahnsinnig interessant sei, immer neue Orte kennen zu lernen? Ich war's. Ich Depp. Als ich noch jung und naiv war. Als ich noch dachte, dass man nicht zu eingefahren werden dürfe. Das muss zu der Zeit gewesen sein, als ich Berlin noch für eine aufregende, spannende Stadt gehalten habe. Vermutlich glaubte ich zu der Zeit auch noch an den Weihnachtsmann.

»Aschdfasmdfhasdfkjschjemm«, riss der zunehmend missgestimmte Mann mich aus meinen Gedanken.

Wir starrten ihn ratlos an. Er verdrehte die Auge, verzog die Mundwinkel, und man sah ihm an, dass es ihn erhebliche Überwindung kostete, unreine hochdeutsche Worte in den Mund zu nehmen: »Hier ist keine Reservierung.«

»Doch, wir hatten hier reserviert. Ich selbst hatte Sie

angerufen. Im März schon«, erwiderte Tobias freundlich, aber bestimmt.

»Hier ist keine Reservierung«, fauchte der Mann genauso bestimmt, aber weit weniger freundlich.

Tobias setzte an, ihm zu widersprechen, mir schien es ratsam, schlichtend einzugreifen: »Ist doch egal«, führte ich diplomatisch aus, »Sie haben doch sicherlich ein Zimmer für zwei Personen frei, oder? Dann nehmen wir das einfach.«

Sein Blick bekam nun etwas Hasserfülltes, als hätte ich ihn schlimm beleidigt.

»Sie haben nicht reserviert«, zischte er. Ich sah, wie Tobias' Blutdruck stieg und trat ihn unauffällig ans Bein, damit er die Klappe hielt. »Haben Sie denn ein Zimmer frei?«, insistierte ich, um Freundlichkeit bemüht. Feindselig sah er mir in die Augen.

»Haben Sie einen Ausweis?«

Ich entschloss mich, dass als Bejahen meiner Frage zu deuten. »Selbstverständlich.« Er nahm den Ausweis und musterte ihn eindringlich. Intensiv betrachtete er das Foto, dann mich, dann wieder das Foto. Schließlich wandte er sich Tobias zu: »Und Sie?«

Ich hoffte, dass er nichts Falsches sagen würde. Die Hoffnung erfüllte sich nicht. »Wozu das denn, reicht nicht einer?«

Der Mann schnaubte: »Hören Sie, wir lassen doch nicht jeden hier rein. Am Ende räumen Sie mir noch das Zimmer leer!« Ich versetzte Tobias erneut einen Tritt. Um Beherrschung ringend wühlte der in seinem Portmonee, dann knallte er seinen Ausweis auf den Tisch. Der Alte unterzog ihn derselben akribischen Begutachtung. Was immer er da prüfte, wir schienen zu bestehen. Na endlich, dachte ich, als er schließlich mürrisch nickte, aber da sagte Tobias plötzlich: »Können wir das Zimmer denn bitte vorher mal sehen?«

»Aschdfasmdfhasdfkjschjemm!« Vor Empörung über diesen ungeheuerlichen Affront war er in sein basales

Idiom zurückgefallen, vielleicht hatte er uns zum Teufel gewünscht, wir werden es nie erfahren.

»Wie bitte?«, schnappte Tobias, »könnten Sie bitte Deutsch reden?«

Der Alte gurgelte. Dann zischte er: »Das Zimmer sehen? Wo gibt's denn so was?«

Ich gab es auf, in dem Konflikt zu vermitteln. Hauptsache, wir bringen es rasch hinter uns, dachte ich.

»Ich sehe mir ein Zimmer gerne an, bevor ich dafür 100 Euro die Nacht bezahle«, sagte Tobias.

»114!«

»Dann erst recht.«

Beide starrten sich unversöhnlich an, zu meiner Überraschung schien der Geschäftssinn im Alten dann doch zu siegen, er sagte: »302, im dritten Stock.« Wir nahmen unsere Taschen, den Beamer, die Laptops, und gingen nach oben. Im dritten Stock angekommen, standen wir vor einer verschlossenen Tür. Als wir wieder nach unten kamen, stand der Alte grinsend hinter der Theke und ließ einen Schlüssel an seinem Finger baumeln: »Vielleicht sollten Sie den lieber mitnehmen!« Seltsam, *das* klang zum ersten Mal ganz akzentfrei.

Immerhin, dachte ich, jetzt lässt er so etwas wie gute Laune erkennen. Nicht so Tobias: »Ich glaube, Sie haben wohl kein besonderes Interesse daran, Ihre Zimmer zu vermieten.« Sofort war die gute Laune des Alten vorbei: »Gäste wie Sie brauchen wir hier nicht!«, rief er hysterisch, nun verlor er endgültig die Fassung.: »Gehen Sie, gehen Sie! Wir sind ein angesehenes Haus! Gehen Sie!« Dabei machte er Handbewegungen, als wolle er im Hühnerhof die Hennen aus dem Stall scheuchen, wedelnd und rufend ging er auf uns zu: »Verlassen Sie sofort das Hotel! Gehen Sie, gehen Sie.« Ich war so perplex, dass ich gar nicht so schnell reagieren konnte, da schubste er mich schon kräftig mit beiden Händen an den Schultern Richtung Tür, ich trudelte, Tobias holte aus und verpasste ihm eine Ohrfeige. »Ich rufe die Polizei! Gehen Sie! Ich rufe die Polizei!« Ich fing mich wieder, zog Tobias am Ärmel, wir flüchteten auf die Straße.

Als wir uns beruhigt hatten, beschlossen wir, erst einmal zum Tagungsort zu fahren. Der Eröffnungsvortrag war schon im vollen Gange, viele Freunde und Kollegen waren da, es wurde ein schöner Abend. Es war gegen drei, als die Runde sich auflöste. Wir hatten beide getrunken, also, was soll's, dann schlafen wir halt im Auto. Eigentlich fühle ich mich zu alt für so was, aber ich war müde und betrunken genug, schraubte den Beifahrersitz zurück und schlief sofort ein. Mitten in der Nacht wurden wir geweckt. Jemand klopfte an die Scheibe.

»Aschdfasmdfhasdfkjschjemm.«

Verschlafen rieben wir uns die Augen.

»Aschdfasmdfhasdfkjschjemm.«

Der Polizist vom Nachmittag stand davor. Nun erkannte er uns offenbar auch wieder, denn erneut erinnerte er sich seiner Fremdsprachenkenntnisse und sagte: »Sie dürfen hier nicht nächtigen. Es ist verboten, im Auto auf der Straße zu übernachten.«

»Aber wir sind doch auf einem Parkplatz.«

»Das ist ein öffentlicher Parkplatz. Das ist verboten.«

»Große Güte, dann fahren wir eben woanders hin«, seufzte Tobias.

»Sie dürfen nicht fahren«, sagte der Polizist, und damit hatte er zweifellos Recht, er musste es gleich gerochen haben, »sonst muss ich sie mit auf die Wache nehmen und Ihnen Blut abnehmen.«

Wir sahen ihn ratlos an. Freundlicherweise bot er an, uns zu einem Hotel zu fahren. Aber doch wohl nicht zur Mühlenklause, fragten wir erschrocken. Etwas anderes habe nicht mehr auf, informierte er uns. Wir berichteten ihm von dem Vorfall am frühen Abend, er nickte nur. »Ich weiß«, sagte er, »der Hubert wollte Sie natürlich gleich anzeigen. Aber das klär ich schon, der ist halt ein bisschen speziell.« Er fuhr mit uns zur Mühlenklause, verschwand zunächst allein darin, dann winkte er uns rein. Der Alte saß hinter der Theke. Er lächelte triumphierend. »Ihre Namen?«, fragte er ruhig. Wir fügten uns in unser Schicksal: »Dr. Tobias Schumacher und Heiko Werning.« Freundlich sah er uns an: »Ah, Sie hatten ja auch reserviert! Sie sind spät dran, meine Herren.« Dann drückte er uns einen Schlüssel in die Hand.

Selbstanzeige

Immer häufiger müssen wir von zunehmenden Ausschreitungen gegen Berliner Busfahrer hören, von Pöbeleien, Beschimpfungen, Beleidigungen. Die Zeiten werden immer rauer, so scheint es, die Fahrgäste immer respektloser, die Fahrer immer verängstigter. Nur gelegentlich wagt es noch einer dieser Helden des Alltags, dem Mob da draußen die Stirn zu bieten. Hören Sie meine Geschichte.

Kürzlich kehrte ich spät nachts von einer Zugreise zurück. Es war eine lange und entbehrungsreiche Reise, ins ruppige Westdeutschland, und ich sehnte mich, nachdem ich die Welt von ihrer finsteren Seite gesehen hatte – ich war in Köln gewesen –, nach Harmonie und Wärme, kurz: nach dem heimatlichen Wedding. Am Hauptbahnhof wartete ich mit den anderen vom täglichen Kampfe müde Gewordenen auf den Nachtbus. Als Letzter stand ich in der Reihe und hielt meinen Fahrschein bereit, um ihn dem Busfahrer zu zeigen, wie es Vorschrift ist. Eine junge Frau mit Kinderwagen versuchte, hinten in den Bus einzusteigen. Vielmehr: Sie versuche, die Tür zu öffnen, um hinten in den Bus einzusteigen. Doch die Tür ging nicht auf, sie war nicht freigeschaltet. Der vermutlich über seinen Nachtdienst auch nur mäßig glückliche Busfahrer hatte die hilfsbedürftige junge Mutter vermutlich einfach nicht wahrgenommen. Als ich als Letzter an der Fahrertür einstieg, drückte sie zunehmend panisch auf dem runden Knopf herum und warf mir verzweifelte Blicke zu.

Ich bin ja kein Anfänger. Ich weiß, dass man Berliner Busfahrer, und ganz besonders Berliner Nachtbusfahrer, nicht provozieren soll. Manchmal reicht der Geruch einer rohen Zwiebel aus, um aus dem scheinbar gemütlichen König der Stadtstraße einen furienhaften Rächer der Unterdrückten zu machen. Ich wusste also Bescheid. Ich sprach also freundlich und in gewählten Worten: »Könnten Sie bitte der jungen Frau da hinten mal die Tür aufmachen?«

Den Fahrer traf es wie ein Schlag. Er, das war mir klar, war der Stolz seines Dienstherren, seiner ganzen Zunft. Schon rein physiognomisch war er die Idealbesetzung für die verantwortungsvolle Rolle des Buslenkers. Ein anbetungswürdiger Schmerbauch drückte sich hinter das Lenkrad, ein prächtiger Schnauzbart unterstrich die Amtswürde, eine sicherlich unter Denkmalschutz stehende historische sogenannte Vokuhila-Frisur zierte sein Haupt, glänzende Ohrringe funkelten mir entgegen. Insgesamt erinnerte er an eine hybride Lebensform aus dem verstorbenen Eberhard Feik, berühmt als Partner des Tatort-Kommissars Schimanski, und Antje, der imposanten Walross-Dame aus den Pausenfilmchen des NDR vergangener Jahrzehnte. Ein Heiliger des Nachtverkehrs. Und ich war es, der meinte, hier irgendwelche Forderungen stellen zu können: »Könnten Sie bitte der jungen Frau da hinten mal die Tür aufmachen?« Da hätte ich ihm natürlich auch gleich ins Gesicht rotzen können, und er sah mich an, als hätte ich genau das getan. Trotz dieser Provokation blieb seine Antwort kühl und professionell. In einer Lautstärke, die im Inneren des rund hundert Meter entfernten Hauptbahnhofs sicherlich nicht als außergewöhnlich störend wahrgenommen wurde, hielt er mir entgegen: »Sie haben hier nicht hinten einzusteigen, Sie steigen gefälligst vorne ein!« Da hatte er natürlich vollkommen Recht, und spätestens hier hätte ich vielleicht noch umkehren und mir Einhalt gebieten können, sicherlich hätte er mir meinen Fauxpas verziehen. Aber statt mich dankbar zu zeigen, dass er mich auf diese grundlegende Selbstverständlichkeit des öffentlichen Nahverkehrs eigens noch einmal hinwies, antwortete ich mit einem bodenlosen: »Aber das wollte ich doch gerade. Es geht doch um die junge Frau mit dem Kinderwagen da hinten.« Anders gesagt: Ich gab Widerworte. Die Augen des Fahrers flutschten nun vor Empörung fast aus dem Kopf, das Walross in ihm schnaubte in aufrichtigem Zorn über den Unverstand und die Undankbarkeit der Welt, aber in einer nur übermenschlich zu nennenden Anstrengung behielt er die Nerven und informierte mich: »Die Tür ist längst auf!«

Was soll ich dazu sagen? Ich zweifelte. I'm not convinced, Mr. Busfahrer, sprach meine Körperhaltung, die ich dadurch noch unterstrich, dass ich meinen Kopf zu jener Tür wendete, an deren Zustand ich in meiner Verblendung und Selbstüberschätzung keine Änderung zu erkennen vermochte und an der die junge Frau weiterhin auf dem Knopf herumdrückte. Kurz: Ich trotzte erneut: »Die Tür ist doch noch zu!« Ich zieh also einen unbescholtenen, aufrichtigen Fahrer der BVG öffentlich der Lüge und meinte, ihn belehren zu können, und das nur, weil die junge Frau und ich in unserer laienhaften Einschätzung eine Tür *seines* Busses für geschlossen hielten. Als könnten wir das beurteilen! In gerechtem Zorn brach es nun aus dem Fahrer heraus und er brüllte mir ins Gesicht: »Na also! Da haben Sie die kaputt gemacht mit Ihrem Gedrücke!« Er meinte mich. Unzweifelhaft. Gleichzeitig drückte er einen Knopf, und die hintere Tür öffnete sich mit einem lauten Zischen, die Frau konnte einsteigen. Ich schaute ihn fassungslos an.

Statt aber schleunigst und demütig im Bus zu verschwinden und meine Schuld einzugestehen, dass ich die Tür, der ich mich ja gänzlich unberechtigt auf wenige Meter angenähert hatte, durch meine Anmaßung irgendwie zerstört hatte – schließlich wissen wir spätestens seit der Reaktion der S-Bahn auf unplanmäßige Wintereinbrüche etwa im Dezember, Januar oder Februar, wie sensibel der öffentliche Nahverkehr in Berlin auf atmosphärische Änderungen reagiert, es war ja schließlich auch längst dunkel –, verstieg ich mich zum Äußersten. Es schämt mich, die Maßlosigkeit meiner Beleidigung hier offen zugeben zu müssen, aber ich vermag es nicht mehr zu ändern, es war genau so. Ich antwortete: »Ich war überhaupt nicht an der Tür, Sie Figur, Sie!«

Plötzlich entsetztes Schweigen im Bus. Stille. Die Passagiere erstarrten und hielten den Atem an. Die Augen des Fahrers traten noch etwas weiter aus seinem zunehmend roten Kopf heraus, er schnappte nach Luft und prustete: »Was? Was haben Sie da gesagt?«

Jetzt war ohnehin alles zu spät, alle Dämme waren gebrochen. Also antwortete ich wahrheitsgemäß: »Figur. Ich habe ›Figur‹ gesagt.« Der Fahrer schnappte nach Luft. Er brauchte nur einen winzigen Moment, um sich zu sammeln, dann reagierte er mit der eiskalten Entschlossenheit des Profis: »Verlassen Sie sofort meinen Bus. Ich erteile Ihnen Hausverbot!«

»Nein, mache ich nicht, ich bleibe hier drin.«

»Verlassen Sie den Bus, oder ich rufe die Polizei. Sie haben mich beleidigt!«

»Ich habe Sie ›Figur‹ genannt, was ist daran beleidigend?«

»Schon wieder! Sie haben mich schon wieder beleidigt! Ich habe das Hausrecht hier!«

Ich zuckte mit den Schultern und setzte mich auf den Sitz hinter ihm. Das wollen wir doch mal sehen, dachte ich. Er stellte den Motor ab. Oha. Das wollen wir doch mal sehen, dachte er. Die anderen Passagiere, sofern sie es überhaupt noch mitbekamen und nicht längst ihrer Müdigkeit oder den Alkoholfolgen zum Opfer gefallen waren, begannen unruhig zu werden. Ich hörte, wie der Busfahrer über Funk sprach: »Fahrgast hat mich beleidigt ... direkt vorm Hauptbahnhof ... Polizei.«

Danach herrschte Ruhe. Kein Motorengeräusch, keine

Gesprächsfetzen. Ein Betrunkener lallte von hinten etwas in Richtung »Was'n los?«, der Busfahrer drehte sich kurz um, warf einen vernichtenden Blick in seine Richtung, umgehend herrschte vollständige Stille. Der Mond schien auf den Bahnhofsvorplatz. Erstaunlich, wie still es mitten in der Großstadt sein kann.

Kurz darauf schallte eine Lautsprecherstimme durch den gesamten Doppeldecker. Laut und klar und gut verständlich: »Hier spricht die Leitstelle der BVG mit einer Durchsage für die Fahrgäste der Linie N20. Unser Fahrer hat uns da einen Zwischenfall gemeldet. Er möchte von seinem Hausrecht Gebrauch machen. Wir bitten den betreffenden Fahrgast, den Bus zu verlassen. Es kommt ja bald schon ein Neuer, und es ist doch gar nicht so kalt draußen. Außerdem, die Alt-Berliner Bierschenke im Untergeschoss auch noch auf, da trinken Sie einfach was und entspannen ein bisschen. In Ordnung? Ansonsten müssen wir jetzt die Polizei rufen, und das wird dann für uns alle noch sehr ungemütlich heute Nacht.«

Ein Murmeln erhob sich im Bus. Die Kinderwagenfrau ging nach vorn zum Busfahrer und wollte ein gutes Wort für mich einlegen. Ich aber erkannte die Chance zu einem ehrenvollen Abgang. Ich rief den aufbegehrenden Passagieren zu, dass mit der Figur nicht zu reden sei, sie sollten es gut sein lassen, und begab mich nach draußen. Es war gar nicht so kalt, auch in diesem Punkt hatte die BVG selbstverständlich Recht. Ich entschwand Richtung Alt-Berliner Bierschenke. Ich war noch einmal davongekommen.

Nur drückt mich die Last, meiner gerechten Strafe entgangen zu sein. Für den Busfriedensbruch. Und für die Beschimpfung. Womöglich werden wir nie erfahren, welchen juristischen Beleidigungswert die Bezeichnung »Figur« hat. Denn noch einmal – und das sei hier hoch und heilig versprochen – noch einmal wird mir so etwas nicht passieren. Beim nächsten Mal werde ich einfach sagen: »Sie Busfahrer, Sie!«

Halloween
Die Nacht der schrecklichen Geschöpfe

Der Feuerwehrmann, der bei uns im Haus wohnt, hat zwei kleine Töchter, etwa acht und zehn Jahre alt. Unlängst stromerten die beiden eigentümlich verkleidet durch den Innenhof und hängten große Schilder auf: »Zur Party: Hinterhaus, 2. Stock.« Bald darauf war es ein rechtes Gewimmel da draußen, ein buntes Gemisch kleiner Zombies, Hexen und Kürbisse hüpfte quiekend durch den Eingang, auch ein ganzer Schwung Totenköpfe und Skelette war darunter. Ich hielt inne und bestaunte das fröhliche Treiben, und bald darauf wackelte die Decke unter dem Gespringe und Gejauchze im Stock darüber. Offenbar ein ausgelassenes Fest, wie schön.

Als dann nach Einbruch der Dunkelheit ein kleiner Pulk der Monster vor meiner Tür stand und Süßes-sonst-Saures forderte, mochte ich sie nicht enttäuschen. Ich lächelte durch den Türspalt, hauchte, irre kichernd, »sehr gerne, gleich!«, setzte mir schnell zwei Leguane auf die Schultern, schnappte mir ein paar Heuschrecken und Fauchschaben aus den Futtertierboxen, ging wieder zur Tür und strahlte die Kleinen an: »Hier, bitte! Aber nicht alles auf einmal naschen!« Dann ließ ich die Insekten-fracht in die geöffneten Beutel rieseln. Es war ein rechtes Quieken, die Kinder stoben davon. »Am besten schmecken sie karamellisiert!«, rief ich ihnen wahrheitsgemäß hinterher. Auch in Schokoglasur sind sie lecker, aber ich bevorzuge Insekten im Karamellmantel. So hatten wir alle einen schönen Abend, und die Kinder konnten zu Hause ordentlich was erzählen.

Leider sind nicht alle Begleiterscheinungen des Halloween-Festes so erfreulich. Denn wie es nun einmal ist in Deutschland, wenn andere Menschen einfach Spaß haben und feiern wollen, versammelt sich gleich eine Blase moralinsaurer Bedenkenträger, um mit sorgenvoller Miene auf dies und das und jenes hinzuweisen.

Dies: irgendwas mit Amerika. Das: irgendwas mit Kommerzialisierung. Jenes: irgendwas mit christlichem Abendland. Die heilige Dreifaltigkeit des Deppentums also.

Denn was, ihr Halloween-Kritisierer, ist gegen das Fest denn einzuwenden? Dass es albern ist? Darin unterscheidet es sich natürlich grundlegend von allen anderen Festen, wie sagen wir Weihnachten, wo ein Kind von einer Jungfrau zur Welt gebracht wird und am Himmel ein leuchtender Bonus-Stern aufgeht, oder Ostern, wo ein Toter den Felsen von seiner Grabkammer wegrumpelt und wieder quicklebendig wird, von Karneval gar nicht erst zu reden. Ach, das findet ihr auch alles doof? Ihr geht lieber zum Fußball oder in die Oper? Weil ... weil es weniger albern ist? Bitte! Auf diesem Niveau wollen wir doch gar nicht erst anfangen.

Es gibt aber doch gar keine Gruselwesen, jammern die Halloween-Kritisierer dann, und der Gedanke, die Toten oder irgendwelche Geister oder was immer würden irgendwie durch die Gegend wuseln, das sei okkult? Die Leute sollen lieber, wie speziell Vertreter der evangelischen Form des Aberglaubens stets verlangen, in die Kirche gehen und am Reformationstag Martin Luther gedenken? Weil der am selben Tag seine Thesen in Wittenberg anschlug? Was wahrscheinlich noch nicht mal stimmt? *Dem* Martin Luther sollen die Kinder also gedenken, der selbst allen Ernstes behauptete, der Leibhaftige höchstselbst sei ihm erschienen, und der dafür, dass er ihn mit einem Tintenfässchen bewarf, nicht, wie es heute sinnvollerweise ganz selbstverständlich Usus wäre, in die geschlossene Psychiatrie gesteckt wurde, sondern der stattdessen bis heute als großer Sinnstifter gilt? Aber ausgerechnet der Kürbisquatsch zu Halloween soll mystisch und gefährlich sein?

Aber vor allem, so quaken die Halloween-Kritisierer, sei das ein Fest, dass nicht zur europäischen Kultur gehöre. Aber es kommt doch aus Irland? Na gut, dann eben nicht zur deutschen Kultur. Deutschland den deutschen Festen! Einen Muttertag, den feiern wir gerne, der ist deutsche Wertarbeit, ein bisschen was fürs Herz, es gab ja schließlich nicht nur die Autobahnen. Auch sonst begehen wir schließlich die Feste gerne, wie sie fallen: Buß- und Bettag, Christi Himmelfahrt, Volkstrauertag, Kristallnacht. Die Deutschen verstehen zu feiern.

Da brauchen wir nicht noch dieses zweifelhafte Ami-Fest, nölen die Halloween-Kritisierer. Denn, da finden sie zusammen, die Zonis und die Nazis und die Linken, sofern es sich überhaupt um getrennte Gruppen handelt: Alles ist so schlimm amerikanisiert. Erst kam die Negermusik, dann wurden unsere schönen, gesundheitsfördernden Vollwertkost-Imbissbuden mit ihren kruppstahlharten Currywürsten durch dickmachenden Ami-Fraß von McDonalds ersetzt, dann haben die Amerikaner Kriege angefangen, was der deutschen Seele nun einmal grundlegend zuwider ist, und jetzt erledigen sie den Rest noch mit Halloween. Am Ende wird noch ein Schwarzer Bundeskanzler!

Aber es ist ja nicht nur die Amerikanisierung, quaken die Halloween-Kritisierer gleich darauf, es ist die Kommerzialisierung! Eine Erfindung der Geschäftsleute! Ein Feiertag wird erfunden, um Geld damit zu verdienen. Man stelle sich vor, so was hätten wir mit Weihnachten oder Ostern gemacht. Und wissen Sie, was so ein Kürbis kostet? Und dann noch die Bonbons! Da reibt sich der diabolisch lachende Kapitalist vor Freude die Hakennase.

Und schließlich, holen die Halloween-Quengeler zum

finalen Schlag aus: Früher gab's das schließlich auch nicht! Oh. Das stimmt natürlich. Das hatte ich nicht bedacht. Na dann.

Und, so muss ich mich selbstkritisch fragen, sind denn wirklich alle Halloween-Kritisierer so, wie sie scheinen? Alt, ranzig und ungewaschen? Übellaunige Schrate, die eifersüchtig darüber wachen, dass Kinder bloß nicht einfach so zusätzlich Spaß haben, weil ihre verschorfte Seele das eben nicht erträgt? Keineswegs. Man kann auch ohne Halloween lustig sein. Wie beispielsweise der evangelische Pfarrer Michael Bruch, der in den Westfälischen Nachrichten das Fest kritisierte, aber dennoch kein übellauniger Griesgram ist: »Man muss dem mit Spaß begegnen. Meine Frau und ich machen das so: Wenn Kinder kommen, haben wir Schokolade da. Aber wir fragen immer: Kennt ihr etwas aus der Kirche? Irgendein Lied oder eine Gebetsstrophe? Wenn sie etwas kennen, bekommen sie etwas. Man muss das nicht verbissen sehen.« Auch die Besinnungsgrüne Katrin Göring-Eckhardt bleibt ganz entspannt: »Die ›Lutherbonbons‹, die von evangelischen Christinnen und Christen den Halloween-Kindern mitgegeben werden, sind seit Jahren der Renner!« Denn: »Es schmeckt nach Zitrone und Orange, und ist in keinem Geschäft zu kaufen. Das »Lutherbonbon ist eine Idee der Evangelischen Kirche.«

Und der große abendländische Poet Franz Josef Wagner schließlich dichtet zu alldem: »Süßes oder Saures. / Kürbisse, angemalte Gesichter. / Ich mag diesen Quatsch nicht. / Ich mag, wie es früher war, als wir zu unseren Gräbern gingen. / Einen Blumenstrauß ablegten. / Natürlich sahen die Toten die Blumen nicht, aber wir sahen sie.«

Jetzt mal im Ernst: Wer wollte angesichts solcher Hohlköpfe noch etwas gegen ausgehöhlte Kürbisse sagen? Die leuchten wenigstens von innen, wenn die Nächte immer länger werden.

Wir erkennen einander an
diesen Zeichen

Der Nachbar aus dem Dritten begegnet mir im Treppenhaus. Schlecht sieht er aus, übernächtigt. Seine Bartstop-
peln sind kein modisches Accessoire, das sieht man, sie
sind Ausdruck seiner Überforderung. Auf seinem Pullover, an der Schulter, erkenne ich einen weißlichen
Fleck. Ein weißlicher Fleck, wie er zu Giggeln und Grinsen oder auf der anderen Seite zu einem roten Kopf An-
lass böte, ein weißlicher Fleck wie ein Spermafleck also,
aber ich weiß Bescheid. Dieser Fleck hat mit Sex nichts
zu tun. Mehr noch: Dieser Mann hat mit Sex nichts zu
tun. Dieser Fleck ist Ausdruck der Abwesenheit von jedem Sex in seinem Leben. Wir erkennen einander an
diesen Zeichen.
   Der Fleck ist die Folge eines Milchbäuerchens. Ein
Milchbäuerchen, wie es aus frischen Kindern in unkalku-
lierbaren Abständen immer mal wieder herausquillt.
Wenn man sie im Arm hält, das Köpfchen an die Schulter
gelehnt, und durch sanftes Klopfen versucht, das Bäuerchen herauszulocken. Und manchmal kommt das Bäuerchen eben nicht allein, sondern mit Verstärkung. Am
Anfang empfindet man es noch als ausnehmend unangenehm, das Gefühl der langsam durch die Kleidung dringenden, körperwarmen Flüssigkeit, die einem dann die
Brust hinunterläuft, empört gibt man das Kind bei der
Frau ab, die es ja schließlich überhaupt erst zur Welt
gebracht hat, wechselt angewidert Pullover und T-Shirt

und wischt sich mit diesen Feuchttüchern die Haut ab. Das gibt sich. Es dauert nicht lange, dann ist es einem egal. Dann hat man keine Kraft mehr für dieses überflüssige Getue. Wenn man in der Nacht zum dritten Mal geweckt wird, wie die Wochen und Monate zuvor auch schon. Wenn man vor Übermüdung fröstelnd im Bett sitzt und versucht, das krakeelende Kind zum Schweigen zu bringen, während die Frau, die es ja schließlich überhaupt erst zur Welt gebracht hat, sich nicht rührt, weil ihren erschöpfungsbedingten, komaähnlichen Schlaf solche Lappalien wie ein schreiendes Kind direkt am rechten Ohr schon lange nicht mehr stören. Wenn man in diesem tranceähnlichen Zustand ist und die Sekunden sich ziehen und man sich zwingt, nicht im Sitzen sofort wieder einzuschlafen, weil dann das Kind runterfiele und das Geschrei ja nur noch lauter würde. In solchen Momenten hat es etwas durchaus Tröstliches, wenn die milchige Suppe einem sanft von der Schulter über die Brust streichelt, ein zärtliches, wohliges Gefühl mit der hoffnungsvollen Verheißung, das Kind werde jetzt schnell einschlafen, zumindest für zwei bis drei Stunden, bis es aufgrund des Flüssigkeitsverlustes durch das Bäuerchen, das in diesem Fall eher ein übergewichtiger Schweinebaron aus dem Oldenburgischen gewesen sein mag, ohnehin wieder vor Durst schreit. Aber dann ist die Frau zuständig, die das Kind ja schließlich überhaupt erst zur Welt gebracht hat. Wegen so etwas wechselt man Hemd oder Pullover schon lange nicht mehr. Wir erkennen einander an diesem Zeichen.

Ich nicke dem Nachbarn im Treppenhaus also aufmunternd zu, ich weiß, was ihm die nächsten Monate blüht, ich habe das hinter mir. Und das ist ja das Schöne, dann wird bald alles gut. Die Kinder sind groß, das heißt, man kann schon mit ihnen reden, jetzt kann man die Ernte einfahren.

Ich zum Beispiel, ich bin zwei Wochen allein mit meinen beiden Jungs verreist. Sie sind jetzt zwei und fünf, das schönste Alter. Ab an die Nordsee! Nur wir drei. Ich kann mich noch genau erinnern, wie toll ich das als kleines Kind fand. Den ganzen Tag am Strand, am Meer. Das Paradies!

Eine kleine Pension in Petten in Nord-Holland, wir wälzen uns abends am Ankunftstag im Bett, jetzt noch ein paar Geschichten vorlesen, dann wird geschlafen. »Papa«, quakt der Große, »aber wir müssen doch erst noch die Zähne putzen!« Große Güte. Das wäre uns damals aber nicht eingefallen, da auch noch selbst dran zu erinnern. Es ist Urlaub! Da kann man doch mal die Sau rauslassen!

Aber gut, im Grunde ist es ja rührend. Und richtig. Es sind eben gute Kinder. Meine Kinder eben. Ich habe zwar früher immer gerne vergessen, meine Zähne zu putzen, aber hey!, die Kleinen sollen es ja schließlich mal besser haben später. Allerdings ist der ganze Waschkram noch unten im Auto. Eigentlich habe ich keine Lust mehr, das jetzt zu holen. Verschwörerisch raune ich den beiden zu: »Heute müsst ihr euch ausnahmsweise mal nicht die Zähne putzen. Wir sind im Urlaub!« Der Große guckt mich schockiert an: »Aber dann kommen doch Karies und Baktus!« Der Kleine bricht sofort in Tränen aus und schreit: »Papa, Putz! Papa, Putz!« Verdammt, ich glaube, ich muss mal ein ernstes Wörtchen mit den Erziehern in der Kita reden. Vielleicht übertreiben die es doch auch ein bisschen. Wozu leben wir schließlich im Wedding? Genervt quäle ich mich aus dem Bett und hole den Rest vom Gepäck.

Am nächsten Morgen geht es zum Strand. Gut, das Wetter ist jetzt nicht so richtig super, aber was soll's, das interessiert kleine Jungs ja nicht, die wollen einfach nur spielen. Und ich kann der rauen Nordsee durchaus etwas abgewinnen, eigentlich entfaltet sie ja überhaupt erst bei diesem grau verhangenen Nieselwetter ihren ganzen Charme. Zum Glück sind die Strandpavillons, also die Pommesbuden, an der holländischen Küste großzügig auf

Pfählen errichtet, wegen den Sturmfluten. So hat man immer ein Dach über dem Kopf.

»So, und jetzt könnt ihr spielen!«, bescheide ich meinen beiden enthusiastisch. »Aber Papa«, erwidert der Große, »es regnet!« »Quatsch!«, belehre ich ihn, »es nieselt höchstens. Los, spielt! Hier ist Strand, hier ist Sand, hier ist Meer!« »Aber Papa«, beharrt er, »wir haben doch gar keine Regensachen dabei!« Allmählich werde ich etwas ungeduldig. »Wozu verdammt noch mal braucht ihr hier Regensachen? Es nieselt nur ein bisschen. Ihr zieht euch jetzt die Badehose an und los geht's, Burgen bauen, im Wasser planschen, was man halt so macht als Kind! Ab jetzt!« Der Große ist immer noch nicht überzeugt: »Aber dann erkälten wir uns doch!« »Blödsinn«, erwidere ich, »jetzt spielt!« Der Kleine fängt an zu heulen. »Papa nass!«, ruft er, und ich ringe um Fassung: »Natürlich ist das nass. Das ist das Meer! Da ist Wasser drin! Hier ist es nun mal nass!« Der Kleine bricht in ungehaltenes Geheul aus, der Große stochert lustlos mit einer Schippe im Sand herum. Der Vormittag entwickelt sich anders, als ich das erwartet hatte.

Mittags hoffe ich auf die Trendwende. »Kommt, wir gehen essen!«, und endlich, da strahlen sie, meine kleinen Wonneproppen. Ab nach oben in den Strandpavillon, ich freue mich schon die ganze Zeit auf die guten holländischen Fritten und die legendäre *Frikandel Special*.

»Na, mit was wollt ihr eure Pommes?«, frage ich, »Ketchup, Mayonaise? Hier gibt's sogar Erdnusssauce!« »Aber Papa«, gibt der Große zu bedenken, »Pommes sind ungesund.« Ich starre ihn an: »Was?« »Gibt es hier denn gar kein Gemüse?«, fragt er weiter. »Kinder«, hebe ich an, »Pommes sind aus Kartoffeln, und Kartoffeln sind Gemüse. Gutes Gemüse. Knackig, frisch, vitaminreich. Und auch noch lecker. Und noch nicht mal grün dabei. Also: Mayo oder Ketchup?« »Ich will Brokkoli«, sagt der Große. Ich schnappe nach Luft. Was ist denn da los in der Kita? Da hätten wir ja gleich in den Prenzlauer Berg ziehen können! »Gurke!«, schreit der Kleine, »Papa, Gurke!«

Bei den Ausschreitungen unlängst in London fragte die *Bild*-Zeitung natürlich wieder sofort, ob das nicht auch in unseren Städten passieren könne, auch bei uns gebe es schließlich schlimme Ghettos wie Neukölln oder Wedding. Ich glaube, ich kann sie da beruhigen. Wenn es bei uns überhaupt mal zu Plünderungen kommen sollte, dann höchstens von Bio-Märkten.

Die zwei Wochen sind dann doch irgendwie rumgegangen. Ich habe in meinem ganzen Leben noch nie so viel Gemüse gegessen. Und wenn ich den Kleinen damit gedroht habe, dass ich ihnen ihre verdammten Klugscheißer-Bücher, diese »Ich will ganz viel über die Welt lernen«-Dinger mit den debilen Klappen und den Umwelt- und Klimaschutz-Tipps für Zuhause, mit denen sie dann die Eltern quälen, für immer wegnehme, dann haben sie sogar mal ein bisschen im Sand gespielt. Leider sind holländische Strände ja vergleichsweise gut besucht, sodass es schon etwas unangenehm war, wie die Leute immer geguckt haben, nur weil die Jungs ständig nach Gemüse geschrien haben.

Jetzt habe ich sie endlich wieder an die Frau übergeben, die sie ja schließlich überhaupt erst zur Welt gebracht hat. Und im Flur treffe ich wieder den jungen Vater aus dem Dritten, ein weißer Fleck an der rechten und ein noch feuchter, großer auf der linken Schulter. Wie ein Zombie torkelt er vorbei, mit dem bestialisch stinkenden Beutel aus dem Windelmülleimer in der Hand, gemischt mit einem Hauch von saurer Milch direkt aus seiner Kleidung. Ich nicke ihm vertraulich zu. »Keine Sorge«, sage ich ihm, »das wird schnell besser. Es dauert nicht lange, dann ist alles ein großer Spaß. Ich war gerade am Meer mit unseren beiden, glaub mir, da weißt du dann, wofür du das alles gemacht hast.«

Etwas unsicher, aber hoffnungsvoll lächelnd nickt er mir dankbar zu. Er wird die Wahrheit früh genug erfahren. Sobald er wieder im Haus ist, gehe ich auch raus zu den Mülltonnen. Und schmeiße diese beschissenen Klugscheißer-Bücher mit den debilen Klappen in den Papiercontainer.

Der Terror ist mitten in unserer Gesellschaft angekommen

Es ist schon eine martialische Kulisse beim Eintritt in den Berliner Hauptbahnhof. Schwer bewaffnete Polizisten stehen an jeder Ecke und halten ihre Schnellfeuergewehre. Es bestehe die unmittelbare Gefahr eines Terror-Anschlags, hat der Innenminister gewarnt. Und Bahnhöfe und Züge sind besonders gefährdet. Ich aber muss nach Bonn, was soll ich machen, außerdem sollen wir zwar »besorgt und wachsam« sein, andererseits aber auf keinen Fall unser Verhalten ändern. Also steige ich besorgt und wachsam in den Zug.

Kurz vor Hannover holt der Terror uns bereits ein. Wegen eines herrenlosen Gepäckstückes, so die Durchsage, sind die Gleise 4 bis 8 gesperrt. Wir müssen vor dem Bahnhof eine unbestimmte Zeit warten, während sie drinnen wahrscheinlich eine herumstehende *Aldi*-Tüte sprengen. Das dauert. Aber sonst bestünde ja die Gefahr, dass Hannover in die Luft flöge. Ich überlege, ob das eigentlich noch Terrorismus wäre oder schon Stadt- und Regionalplanung.

Aber egal. Wenn demnächst jede herrenlose Tüte und Kiste einen Großeinsatz der Polizei auslöst, stehen uns unruhige Zeiten im Wedding bevor. Allein der Leopoldplatz! Andererseits, so überlege ich, schon lange bin ich ja genervt von der kleinen Müllhalde vor unserer Haustür. Ein alter Kühlschrank, ein Computermonitor, eine Kiste mit ungewissem Inhalt. Die BSR holt's nicht ab, die will Geld für so was. Mir kommt eine Idee. Soll doch der Staatsschutz da mal aufräumen!

In Bonn werde ich auf den Weihnachtsmarkt gezerrt. Weihnachtsmärkte, das weiß ich aus der Zeitung, sind das bevorzugte Angriffsziel eines jeden aufrechten islamistischen Terroristen. Der Weihnachtsmarkt von Bonn macht allerdings den Eindruck, als habe ein verheerendes Attentat längst stattgefunden. Infernalischer Lärm wabert durch die Altstadt, eine Mischung aus Jingle Bells, deutschem Schlager und Spielautomatengefiepse. Ganze Ladungen von Großraumbürobesatzungen füllen die engen Zwischenräume, drängen sich um die Stehtischchen und besaufen sich unter lautem Johlen. Viele sind mit roten Mützen und angeklebten weißen Bärten maskiert. Dazu rheinischer Frohsinn an jeder Ecke. Mir fällt Innensenator Körting wieder ein: »Die Bevölkerung sollte alle seltsam aussehenden Menschen oder alle, die sich ungewöhnlich benehmen, den Sicherheitsbehörden melden, vor allem, wenn sie Arabisch oder sonst eine Sprache sprechen, die wir nicht verstehen.« Seltsam aussehende Leute mit unverständlichen Sprachen – na, die hätten hier aber zu tun, die Sicherheitsbehörden! Ein widerlich süßlicher Duft droht uns die Luft zu nehmen. Ich werde mit gebrannten Mandeln, Glühwein und Kölsch abgefüllt. Das muss der Angriff mit biologischen Waffen sein, den alle immer befürchtet haben.

Der letzte Nachtzug um halb zwei soll mich nach Münster bringen, wo ich bei meiner Mutter übernachten will. In Hamm in Westfalen steigt eine Gruppe etwa fünfzigjähriger Frauen zu. Nein, keine Frauen. Weiber. Denn sie sind unterwegs nach Hamburg, zu einem »Weiberausflug!«, wie sie durch den Wagen grölen. »So richtig, mit Reeperbahn und allem«, brüllt mich eine völlig enthemmt an, eine Kumpanin ruft dazwischen: »Wenn unsere Männer das wüssten!«, die Nächste prustet: »Da wolln wa doch ma sehen, ob wa nich ma richtng Stecher für die Resi finden, wa!«

Ich drücke mich in meinen Sitz und erwäge, den Wagen zu wechseln, man soll besorgt und wachsam sein in diesen Tagen. Aber dazu ist es schon zu spät. Ich habe Angst vor den Weibern, außerdem ist mir schlecht, ich leide unter dem Anschlag auf jeden guten Geschmack, der mich im Lauf des Abends etwa zwei Liter Kölsch, drei Glühwein, eine Portion Pommes und eine Portion Gebrannte Mandeln hat schlucken lassen. Die schmutzige Bombe in meinem Bauch droht allmählich hochzugehen, da holt Resi unter lautem Gejohle eine Sektflasche aus ihrer Tasche und verteilt Plastikbecher dazu, auch ich bekomme einen: »Hier, junger Mann!«, und als hätte ich das bisher verpassen können: »Wir sind auf Weiberausflug nach Hamburg, wissense!« »Genau«, wiederholt eines der Weiber enthemmt, »wir brauchen ma 'n richtgn Stecher für die Resi«, die andere wieder: »Wenn das unsere Männer wüssten!«, die Nächste: »Wasn mit Ihnen, junger Mann, ham se schon was vor? Sie ham ja wenigstens ma richtig Statur, wa!« Die Weiber johlen, Resi ist begeistert: »Darauf stoßn wa an! Auf'n bisschen Spass!«, und schiebt mir einen Plastikbecher mit Sekt vor, die eine erneut: »Wenn das unsere Männer wüssten!« Ich muss die Damen, pardon: die Weiber, aber enttäuschen, denn wir nähern uns Münster und ich informiere sie, dass ich lieber bei Mutti schlafe.

Unter ihrem Gejohle stürze ich aus dem Wagen und trete auf den Münsteraner Bahnsteig, nur um mich in einer grölenden, volltrunkenen Menschenmasse wiederzufinden. Seltsam aussehende Menschen mit unverständlicher Sprache – nicht nur auf dem Bahnsteig, im ganzen Bahnhof, auf dem Bahnhofsvorplatz, ein Gewimmel, schlimmer als am U-Bahnhof Eberswalder Straße samstagnachts um zwölf. Aber hier ist Münster, 4.19 Uhr am Sonntagmorgen. Vor den Pommesbuden stehen lange Schlangen, bullige Jungbauern torkeln über den Platz und werfen leere Bierflaschen, Landfrauen kreischen laut auf, am Taxistand stehen große Menschentrauben, aber es gibt keine Taxis, an den Straßen warten schwankende Gestalten und winken verzweifelt jedem vorbei rasenden Wagen zu, sie wollen mit.

Ich bin schockiert. Zum Glück habe ich Heimvorteil, ich kämpfe mich durch zum Ostausgang und postiere mich vor der Zufahrt. Na also, richtig kalkuliert, ich kann ein Taxi abfangen. Gerettet. Ich frage den arabisch aussehenden Fahrer, was um Himmels Willen hier los ist. Na, in der Halle Münsterland steige doch »Europas größte Kegelparty«, und jetzt habe es sich da allmählich ausgekegelt, jetzt wollen die alle wieder zurück nach Warendorf und Ottmarsbocholt und Borken und Coesfeld. Auf dem Weg nach Hause müssen wir an der Halle Münsterland vorbei, als wir an einer roten Ampel halten, will ein wütender Mob das Taxi entern. Im Hintergrund sehe ich das hausgroße Werbeplakat für »Europas größte Kegelparty«, präsentiert von Warsteiner, angepriesen von einer halbnackten Frau in gebückter Haltung, der man weit in den nach unten hängenden Ausschnitt fotografiert hat und die irgendwas Anzügliches mit Bällen und Kegeln und Bahnen sagt. Es wird grün, wir starten durch. Entkommen.

Die Terroristen haben das Ziel, so heißt es, unseren westlichen Lebensstil anzugreifen. Manchmal möchte ich ihnen von Herzen viel Erfolg dabei wünschen.

Ist die Zeit auch ein wunder Gesell

Schon der Anblick der Türen wirkt fast wie ein Schock. Hätte mich vorher jemand gefragt: Beschreib doch mal die Türen deiner alten Schule – ich hätte nur mit den Achseln zucken können. Und jetzt, wo ich sie wiedersehe, ist alles sofort wieder da. Das leuchtende Rot des Holzfurniers. Die schwarzen Ziffern, die rechts oben auf jeder Tür aufgemalt sind. Die abgerundeten Metallgriffe. Als hätte ich sie gestern erst das letzte Mal betätigt. Als wäre ich letzte Woche noch zum Physikraum gelaufen. Als hätten wir gerade erst zitternd vor dem Erdkunderaum gestanden, weil wir zu spät waren und flüsternd diskutierten, ob eine unentschuldigte Stunde oder der verächtliche Blick von Herrn Humbert letztlich als schlimmer zu bewerten sei, ob wir es also wagen sollten, die Tür mit der Nummer 72 zu öffnen oder ob wir nicht lieber direkt in den Aufenthaltsraum für Schüler gehen sollten.

Raum 26, Klasse 5c. Das ist 33 Jahre her. Wir begeben uns ohne Zögern auf unsere Plätze. Jeder weiß sofort, wo er damals saß. »Wisst ihr noch, wie wir damals Markus im Pult versteckt haben, in diesem Fach, wo sonst der Tageslichtprojektor stand? Weil Markus so klein war? Und wie Herr Böcker geguckt hat, als mitten in der Stunde das Pult aufging und Markus herausguckte?«

Auch Markus weiß das offenbar noch sehr genau, sein Lachen wirkt etwas gequält.

*

Der Matrizenraum! Meine Güte, damals gab es noch
Matrizen! Um es den Jüngeren zu erklären: Es gab eine
Zeit, da gab es noch keine Kopiergeräte. Wenn ein Lehrer
Arbeitszettel mit Hausaufgaben oder Klassenarbeiten
oder einfach nur mit irgendwelchen Informationen an alle
verteilen wollte, dann hat er sie, handschriftlich oder mit
einer mechanischen Schreibmaschine, auf eine Art
Durchschlagpapier geschrieben. Dieses Durchschlagpapier wurde dann in eine Art Druckerpresse eingespannt,
die eine Handkurbel besaß. Wenn man an der drehte,
dann wurden leere Blätter in die Maschine gezogen, und
mit Hilfe irgendeiner sehr intensiv nach Lösungsmitteln
riechenden Flüssigkeit wurde dann das Original von dem
Durchschlag auf das Matrizenpapier übertragen, das dann
in Blau auf dem Papier erschien. Das ging immer nur
einzeln, es musste also ordentlich gekurbelt werden,
wenn ein ganzer Klassensatz zu vervielfältigen war. Die
Lösungsmittel stiegen einem dabei in den Kopf, sie waren der Grund dafür, dass die Matrizenmaschine in einer
kleinen Kammer stand, damit der Gestank möglichst
niemand störte. Außer dem Matrizendreher. In unserer
Klasse war das meist Anne.

Anne ist auch erschienen zum Klassentreffen. Ein kur-
zes Gespräch bestätigt meinen damaligen Verdacht: Das
Zeug ist nicht gut für den Kopf.

*

Wir stehen bedrückt im Computerraum und starren auf
die Flachbildschirme, Headsets, Router. Spätestens jetzt
fühlen wir uns sehr, sehr alt. Damals standen die einzigen
Computer im Raum der Informatik-AG, eine winzige
Kammer unter dem Dach mit schrägen Decken und vier
klobigen Maschinen darin. Dazu diese monströsen Mo-
nitore mit der grünen, eckigen Schrift. Aus der auch die

Grafiken der ersten Spiele bestanden. »Es gab damals ja noch gar kein Internet«, flüstert jemand erschüttert.

*

Ich fand Überlegungen, das Wahlalter auf sechzehn Jahre abzusenken, immer schon befremdlich. Das Wiedersehen mit Sibylle, in die ich damals schlimm verliebt war, und das über zwei Jahre lang, bestärkt mich in der Auffassung, dass man es besser auf zwanzig Jahre anheben sollte. Vorher, das wird mit beim Beobachten von Sibylle schmerzhaft klar, vorher sind junge Menschen ganz offensichtlich nicht in der Lage, vernünftige Entscheidungen zu treffen.

Dann erinnere ich mich daran, wie Sibylle mich später nach dem Abitur noch ein paarmal in Berlin besucht hat, als sie Krach mit ihrem Lover hatte. Und wie ich dann immer wieder versucht habe, sie doch noch rumzukriegen. Zwanzig Jahre? Quatsch! Fünfundzwanzig. Mindestens.

*

Thorsten kommt herein. Wir drehen uns staunend um. Er sieht einfach genauso aus wie früher. »Der hat sogar dieselbe Hose an, jede Wette«, flüstert Andreas neben mir ehrfürchtig. Die Zeit kennt keine Gerechtigkeit. Andreas hätte ich nicht wiedererkannt, und selbst, nachdem er beteuert hatte, er sei es, blieb ich misstrauisch.

*

Die Stunden rücken voran, die Alkoholisierung ebenfalls. Ich stehe in einer kleinen Runde an einem der Stehtische. Mit dabei: Jessika, heute Mutter von vier Kindern, mit ihrer Familie in Oslo lebend, und René, Oberarzt in einem Klinikum in München. Der hat noch nie viel vertragen, erinnere ich mich, als er jetzt sichtlich angeschlagen beginnt zu sprechen: »Weißt du«, er richtet sich an Jessika, »weißt du eigentlich, dass ich damals total in dich verliebt war? Die ganze Oberstufe lang? Und danach auch noch? Hab ich dir nie gesagt. Hab ich mich nie getraut. Ich war damals so schüchtern, so introvertiert. Total.« Er blickt sie erwartungsvoll an, sie schaut ihm schweigend in die Augen. Gerührt etwa? Ich fürchte, es könnte jetzt ein sehr trauriger Moment folgen, wenn sie ihm sagt, dass sie auch die ganze Zeit in ihn verliebt war. Einen kurzen Moment überfällt mich diese Vision mit aller Macht. Zwei Menschen, jahrelang unglücklich, verzehren sich nach einer geheimen Liebe, sind einsam, beginnen zu trinken, heiraten irgendwen, der ihnen halt gerade in die Quere kam, besser den als keinen, kriegen vier Kinder mit ihm, versuchen, glücklich zu sein, aber immer wieder kommt sie zurück, in den stillen Stunden, die Sehnsucht nach der großen, der unerreichten Liebe aus Schultagen, sie hat sich mit ihrem Mann schon lange nichts mehr zu sagen, abends reden sie nur noch über das Fernsehprogramm und wer die Kinder zur Schule fährt.

»Weißt du«, setzt René nach, »ich hab mich einfach nicht getraut, dich anzusprechen«, heiser kichert er, es klingt leicht resigniert, er deutet ein Kopfschütteln dabei an. Wie einer, der sich bitter einer lang zurückliegenden großen Dummheit erinnert. »Ich war einfach zu feige, ich hab' immer gedacht, du interessiert dich sowieso nicht für mich.«

Jessika zögert einen Moment, dann sagt sie: »Da hattest du auch völlig Recht.«

Das war vielleicht sogar freundlich gemeint. René greift zu einer neuen Flasche Bier und schweigt.

*

Es ist ja immer ein wenig seltsam, Ex-Freundinnen zu treffen oder Frauen, mit denen man mal was hatte. Wie seltsam das aber gerade bei den ersten Erfahrungen ist, war mir in der Deutlichkeit noch nicht klar.

Mit Helene waren es genau drei Abende. Wir waren noch nicht so weit, zusammen zu schlafen, aber Streicheln ging schon. Ich kann mich noch an alles genau erinnern, mit fotografischer Genauigkeit. Und, was mich weit mehr besorgt: Sie sich vermutlich auch. »Und, wie geht's«, fragt sie, als wir uns zwischen zwei Tischen begegnen, ich auf dem Rückweg von der Bar, sie auf dem Rückweg von der Toilette.

Ich sehe sie in ihrem weißen Schlüpfer mit den kleinen aufgedruckten Pferden. Ich sehe sie ohne ihren weißen Schlüpfer mit den kleinen aufgedruckten Pferden.

»Gut«, sage ich, »es geht mir gut. Und dir?« Ich stelle fest, dass ich ihn gerne wiedersähe, den Schlüpfer. Mit oder ohne Pferde. An oder aus.

»Mir geht's auch gut«, sagt sie.

»Das ist ja schön«, sage ich.

»Ja, das ist schön«, sagt sie.

Dann gehen wir beide weiter, zurück an unsere Plätze.

*

Andererseits: Wie albern manche Gegnerschaft, manche Rivalitäten sein können. Hans hatte ich immer für einen furchtbaren Aufschneider gehalten, einen skrupellosen Karrieristen, ein fieses Arschloch. Der, natürlich, sofort nach dem Abitur eine Banklehre begann, der geldgeile Sack.

Zwanzig Jahre sind eine lange Zeit. Wir landen eher zufällig nebeneinander. Erst wollen die alten Reflexe anspringen, die alte Antipathie, aber es klappt nicht, sie ist erodiert, verweht, weg. Ich bekomme kein einziges negatives Gefühl ihm gegenüber mehr zustande. Merkwürdig. Wir plaudern lange. Es ist angenehm.

*

In der Summe sind erschreckend viele Gefühle im Raum. Ich komme an einen anderen Tisch. Eine andere große Jugendliebe. Die gemeinsame Zeit bei der Schülerzeitung. Wie aufregend es war, als wir Kondome von der AIDS-Hilfe holten, um sie mit dem Heft zu verteilen. Der magische Moment, als sie vorschlug, mal eines auszuprobieren. Das verschwörerische Lächeln, als der Direktor uns in seinem Büro die Strafpredigt hielt: Kondome! Wir sind doch viel zu jung für so was!

Jetzt erzählt sie in die Runde, was sie so macht. Sie macht so Chefreporterin beim *Top Mag*. Sie erzählt vom Witwenschütteln. Wie man nach dem Tod eines Prominenten am besten das erste Exklusivinterview der Hinterbliebenen bekommt. Wie man minderjährige Kinder interviewt, obwohl das verboten ist. Wie der Chefredakteur einen lobt, wenn man eine Presseratsrüge bekommen hat. Dass das natürlich alles widerlich sei, aber die Leute wollen das ja nun mal lesen. Sie müsse das ja nicht gut finden. Sie sei Profi. Immer schon gewesen. Wie damals bei der Schülerzeitung, die Sache mit den Kondomen. Ob ich mich noch erinnere? Sie lächelt so seltsam.

Wie ich heulte auf dem Fahrrad, als ich nach Hause fuhr, nachdem sie mir gesagt hatte, dass sie jetzt mit Jörg zusammen ist.

Meine Güte. Vielleicht ist fünfundzwanzig auch noch etwas früh angesetzt?

*

Vier Uhr morgens. Ich bin heiser, mein Hals tut weh. Die Kneipe macht zu. Ein paar Unentwegte wollen noch weiterziehen. Mein alter Kumpel Redde und ich verabschieden uns, wir wollen ein Taxi rufen, unsere Eltern wohnen in derselben Ecke. Tom schaut uns an: »Redde, du trinkst doch nichts. Nimm doch mein Auto. Dann braucht ihr kein Taxi, und ich brauch es morgen nicht abholen, ich kann auf keinen Fall mehr fahren heute.« Wir nehmen dankend an.

»Hier muss es sein«, sagt Redde, als wir in die Dodostraße einbiegen, »hier muss es irgendwo stehen. Stuttgarter Kennzeichen, guck mal mit.« Ich gucke. Und staune. »Redde, komm her. Hier, Stuttgart. Das muss er sein.« Redde kommt, zusammen blicken wir ratlos nach unten, auf den Boden. Wo so ein superflacher Sportflitzer steht, ein himmelblauer Porsche 911. »Ach du Scheiße«, murmelt Redde. Aber er ist es. Der Schlüssel passt. Redde gerät in Panik. »Ich weiß doch gar nicht, wie man so was fährt.« Mit schweißnassen Händen umklammert er das Lenkrad. Ich winke ihn vorsichtig aus der Parklücke. Das Auto hüpft wie eine Wüstenspringmaus mal ein paar Zentimeter nach vorne, mal nach hinten. Jemand reißt ein Fenster auf und beschwert sich über den röhrenden Krach. Ich entschuldige uns, hilflos mit den Achseln zuckend.

Endlich tuckern wir mit der Kiste durch das nächtliche Münster. »Die Karre fährt lässig 300 Sachen!«, flüstert Redde ehrfurchtsvoll. Er traut sich nicht, wirklich Gas zu geben. Mit Tempo 30 schleichen wir über die Ausfallstraße zurück in den Vorort, den wir vor zwanzig Jahren verließen.

Dank

Fast alle Texte in diesem Buch entstanden für die manchmal schlimmen, viel öfter aber sehr schönen und ganz sicher immer einzigartigen Lesenächte der »Reformbühne Heim & Welt«, allsonntäglich im Berliner Kaffee Burger, und der »Brauseboys«, jeden Donnerstag im Wedding. Dafür und für vieles mehr herzlichster Dank an Ahne, Uli Hannemann, Jakob Hein, Falko Hennig und Jürgen Witte (Reformbühne) sowie Paul Bokowski, Hinark Husen, Robert Rescue, Frank Sorge und Volker Surmann (Brauseboys).

Dass diese Texte nun so schön und kompakt und thematisch passend in Buchform vorliegen, verdankt die Welt Klaus Bittermann, dem stellvertretend ich dafür herzlichst danke.

Für besonders angenehme gemeinsame Abende und manch anderes danke ich zudem Daniela Böhle, Nils Heinrich, Bov Bjerg, Horst Evers, Manfred Maurenbrecher, Danny Dziuk, Claudia Denker, Wiglaf Droste, Sebastian Krämer, Leo Fischer, Mark-Stefan Tietze, Stefan Gärtner, Micha Ebeling, Ivo Lotion, Andreas Albrecht, Dietmar Bartz, Markus Passlick, Jochen Reinecke, Marlen Pelny, Chio Schuhmacher, Martin Goldenbaum, Kirsten Fuchs, Thilo Bock, Jan Koch, Spider, Volker Strübing und Dan Richter. Und wo sollten sie stattfinden, diese Nächte, wenn nicht an Orten wie dem Kaffee Burger, dem La Luz, dem Laine-Art, dem Zebrano-Theater. Dank dafür und für die Zufuhr notwendigen Alkohols und altersbedingt zunehmend Alkoholersatzstoffen stellvertretend an Karl und Uwe vom Burger, an Nuno, Kerstin und Guido vom La Luz, an Hans-Kaspar und Lena vom Zebrano und an Jaakko und Teppo sowieso.

Die Titel »Ein Idiot mehr« und »Ist die Zeit auch ein wunder Gesell« sind schönen Liedern von Tilman Rossmy und Manfred Maurenbrecher entnommen – Dank an Euch nicht nur für diese.

Für angenehme Nächte in Santiago de Chile, die die Endarbeiten an diesem Buch begleiteten wie verzögerten, muchas gracias an Ben und Michi.

Und für all die guten Nächte, die die schlimmen letztlich mehr als aufgewogen haben, mil abrazos an Dich.

Aus der Reihe Critica Diabolis

http://www.edition-tiamat.de